KB118718

무엇이든
쓰게 된다

무엇이든 쓰게 된다

소설가 김중혁의 창작의 비밀

위즈덤하우스

이제 당신은, 무엇이든 쓰게 된다

누구나 쓰고 있다.
간단한 메모,
밤새 쓰고 찢기를 반복하는 연애편지,
분노로 가득 찬 경고문,
정확히 전달하려고 몇 번씩 고쳐 쓰는
업무와 관련된 이메일.
누구나, 지금도, 분명히, 쓰고 있다.

누군가 물어본다.
어떻게 하면 글을 잘 쓸 수 있냐고.
대답하기 힘든 질문이지만, 가끔 이렇게 대답한다.
잘 쓰려고 하지 않으면
쉽게 쓸 수 있다고.
잘 그리려고 하지 않으면
쉽게 그릴 수 있고,
잘 부르려고 하지 않으면
언제든 노래를 흥얼거릴 수 있다.

나아지려고 하는 마음은 반드시 필요하지만
'어깨에 힘이 들어가는' 순간
오히려 한 발자국도 나아갈 수 없다.
시간이 쌓이면 언젠가는 잘하게 될 테니
지금은 부담을 내려놓고 쉽게 쓰고 그려보자.

책의 제목은 주문이나 마찬가지다.
이제 당신은, 무엇이든 쓰게 된다.
이 책을 다 읽은 사람이
무엇이든 쓰게 되었으면 좋겠다.
다 읽지 않더라도 갑자기 책을 덮고는
무엇이든 쓰게 되었으면 좋겠다.
낙서를 하고, 문장을 만들어보고, 이야기를 생각하고,
그림을 그리고, 노랫말을 만들었으면 좋겠다.
결과는 형편없을 것이다.
나도 그랬고, 당신도 그럴 것이다.
형편없는 것들이 쌓이게 될 것이다.
자, 이제 시작해보자.
형편없는 것들을 하나씩 쌓아보자.
당신은 지금부터……
무엇이든 쓰게 된다.

2017년 12월

김중혁

소설가 김중혁의 창작의 비밀

차례

3. 실전 글쓰기

4. 실전 그림 그리기

5. 대화 완전정복

문제를 풀기 전에 • 192

천천히 보아야
이해가 된다

Intro.

창작하는 사람에게 가장 중요한 재능이 무엇이냐고 묻는다면, 나는 망설이지 않고 '관찰'이라고 얘기할 것이다. 끝내 창작물을 완성해내고야 말 것이라는 스스로에 대한 믿음도 필요하고, 사람들이 자신의 결과물을 좋아해주면 좋겠다는 소망도 중요하지만, 믿음과 소망과 관찰, 그중에 제일은 관찰이다. 재치와 끈기와 열정과 야심이 불타올라도 관찰이 없으면 아무런 소용이 없다. 관찰은 창작자로 출발하기 위해 제일 먼저 가동시켜야 할 엔진이자 가장 늦게까지 타올라야 할 불꽃이다. 관찰하지 않는 사람은 아무것도 생산할 수 없다.

믿음과 소망과 관찰,
그중에 제일은 관찰이라

관찰의 사전적 정의는 '사물이나 현상을 주의하여 자세히 살펴보는 일'이다. 간단하게 들리지만 '주의하여 자세히 살핀다'는 것은 말처럼 쉬운 일이 아니다. 그냥 보는 걸로는 부족하다. 주의하여 봐야 하고, 자세히 봐야 한다. 남들과 똑같은 걸 보지만 결국엔 남들이 보지 못하는 것을 봐야 한다. 남들이 보지 못하는 것을 보기 위해서는 다른 곳에서 봐야 하고, 더 오래 봐야 하고, 더 많이 움직이며 봐야 한다.

관찰이라는 단어를 떠올릴 때마다 폴 오스터의 「오기 렌의 크리스마스 이야기」라는 단편소설이 생각난다. 「스모크」(1995)라는 영화로도 만들어진 이 이야기는 '관찰이란 무엇인가'

를 가장 정확하게 설명해준다.

브루클린의 담배 가게 주인인 '오기 렌'은 12년 동안 매일 아침 7시 정각에 똑같은 프레임으로 사진을 찍는 취미가 있는 사람이다. 바쁘게 움직이는 사람들이 매일 똑같은 시간의 그물에 담긴다. 어느 날 그는 단골손님인 소설가에게 자신이 찍은 4천 장이 넘는 사진을 보여주게 되는데, 소설가가 사진집을 너무 빨리 넘기자 이렇게 말한다.

"너무 빨리 보고 있어. 천천히 봐야 이해가 된다고."

대체 오기 렌은 뭘 이해할 수 있다고 한 것일까. 빨리 본다는 것은 어떤 의미일까. 소설가 폴 오스터는 설명해주지 않지만 그 말이 무슨 뜻인지 알 것 같다.

오기 렌의 말은 관찰을 설명하는 중요한 문장이다. 너무 빨리 보지 않고, 천천히 봐야 이해할 수 있다. 때로는 우리가 세상을 보는 속도를 늦추기만 해도 더 많은 것들이 보인다. 휴대전화 카메라의 슬로모션 기능을 써보면 세상이 얼마나 낯선지 알 수 있다. 그토록 많은 빗방울들이 한꺼번에 일제히 세상에 쏟아져 내리는 것이 얼마나 신비로운 일인지, 자전거 바퀴가 쓰러지지 않고 달리는 것은 또 얼마나 기적 같은 일인지, 천천히 보면서 이해하게 된다.

새로운 표현이 떠오르지 않을 땐 산책을 다녀오자

우리는 세상을 관찰하면서, 동시에 세상을 관찰하는 나를 관찰한다. 세상을 관찰하는 나를 관찰하는 동안 우리는 자신이 어떤 사람인지를 알아간다.

세상을 관찰하는 나를 관찰하는 일은 깊이 생각하는 것과는 사뭇 다른 일이다. 깊이 생각하는 일은 빨리 판단해야 하고 비판해야 하고 결정을 내려야 하는 일이지만 자신을 관찰하는 일은 천천히 바라보는 일이다. 프로이트에 따르면 "자신을 관찰하는 사람은 오로지 비판을 억누르기 위해 노력한다. 이것이 성공하면 평상시 파악할 수 없었던 수많은 생각들이 의식에 떠오른다".

글을 쓰면서 가장 괴로운 순간은 새로운 표현이 떠오르지 않을 때다. 이야기가 막히면 어떻게라도 풀어낼 수 있는데, 비유와 묘사가 막히면 도무지 방법이 없다. 그럴 때면 글쓰기를 잠깐 쉬고 산책을 다녀와야 한다. 새로운 것들을 보고 만져야 새로운 표현이 떠오른다.

이야기란 묘사와 비유로 만든 레일 위를 달리는 기차 같은 것이어서 뻔한 방향으로 깔아놓은 레일 위에서는 새로운 이야기를 펼치기 힘들다(잠깐만! 뭔가 이상하다). 여기까지 썼다가 나는 생각을 고쳐서 생각한다. '묘사와 비유로 만든 레일' 그리고 '이야기란 그 위를 달리는 기차 같은 것'이라는 비유가 새로울 수는 있지만 정확하지는 않은 것 같다. 묘사와 비유를 레일에 비유하는 것은 정확한 표현일까. 묘사와 비유가 이야기의 중요한 토대라는 점에서는 옳은 방향일 수 있지만 과연 묘사와 비유가 레일 같은 것일까. 오히려 묘사와 비유는 이야기의 옷 같은 것이 아닐까. 묘사와 비유로 이야기에다 옷을 입힌다고 해야 하지 않을까.

그렇다면 고쳐서 써보자. 묘사와 비유는 이야기의 속옷 같은 것이어서 어떻게 쓰냐에 따라 이야기가 무척 야할 수도 있고, 그렇지 않을 수도 있으니…… 아무래도 산책을 좀 다녀와야겠다.

생각은 언어의 형태로 나타난다

생각은 대체로 언어의 형태로 나타난다. 화가나 일러스트레이터나 디자이너처럼 문자보다 이미지의 형태로 아이디어를 떠올리는 사람도 있지만(이미지 형태의 아이디어에 대해서는 나중에 다시 알아보고 싶다) 이건 아마 특별한 경우일 것이며, 많은 사람들이 문자의 형태로 생각을 할 것이다. 배에서 꼬르륵 하는 소리가 날 때, 우리는 배 속의 빈 공간을 느낌과 동시에 '배가 고프다'라는 문장을 떠올린다. 때로는 그 문장을 직접 말하기도 한다.

"아, 배고파."

문장을 떠올리고 나면 더욱 배가 고프다(글을 쓰고 있는 지금 배가 고프다 보니 이런 문장을 떠올렸다).

인간은 언어라는 체계를 이용하여 문명을 만들었고, 언어를 통해 기억하고, 언어와 함께 공감한다. 공통의 언어를 통해서 우리는 경험의 폭을 확대하기도 한다. 책을 통해서 수많은 생각을 만날 수 있고, 그 생각을 바탕으로 자신만의 생각을 쌓아 올리고, 가끔 모든 생각을 허물기도 한다.

우리는 생각을 어떻게 낚아채는가

우리는 어떻게 생각하고, 어떻게 그 생각을 낚아채는 것일까. 우리는 생각을 낚아챘다는 사실을 어떻게 알며 그 생각의 몇 퍼센트를 이용해 창작물을 완성하는 것일까. 쓰고 남은 생각들은 다 어디로 사라지는 것일까. 재활용할 수 있는 것일까. 어떤 생각들은 이전에 했던 생각처럼 느껴지기도 하는데, 이것이 생각의 재활용일까, 아니 어쩌면 생각의 리메이크일까. 생각에 대해서는 정말 모르는 것투성이다.

사소한 표현에 공들이지 않으면 큰 이야기를 만들 수 없다

글 쓰는 사람들의 참고서 중 하나라고 할 수 있는 『유혹하는 글쓰기』에서 스티븐 킹은 상투적인 비유를 쓰는 작가들에게 짜증을 낸다.

그는 '미친 사람처럼' 내달렸다. 그녀는 '꽃처럼' 예뻤다. 그 사람은 '유망주'였다. 밥은 '호랑이처럼' 싸웠다…… 이렇게 케케묵은 표현으로 내 시간을 (그리고 누구의 시간도) 빼앗지 말라. 이런 표현을 쓰는 작가는 다만 게으르거나 무식해 보일 뿐이다.°

뜨끔하다. 솔직히 글을 쓰는 작가로서 저런 돌직구를 피해 갈 만한 사람은 많지 않다. 모든 문장이 반짝반짝 빛나게 하는 건 힘든 일이고, 모든 비유를 생전 처음 듣는 것처럼 새롭게 쓰기란 불가능하다(솔직히 스티븐 킹조차 그렇다).

다만 모든 작가들은 뻔해지지 않기 위해 노력할 뿐이다. 조금이라도 새롭게 보고, 더 정확하게 보길 원할 뿐이다. 나 역시 소설을 읽다가 식상한 비유가 서너 번 반복되는 것 같으면 책을 덮어버린다. 도무지 집중할 수가 없다. 사소한 표현에 공들이지 않는 사람이라면, 커다란 이야기에도 공을 들일 수 없다고 생각한다.

창조의 반대말은 모방이 아니다

국어사전에는 '창조'의 반대말이 '모방'과 '답습'이라고 나와 있다. 과연 그럴까. 우리들은 모두 '모방'과 '답습'을 거치며 '창조'에 이르는 게 아닐까. (세

○
스티븐 킹, 『유혹하는 글쓰기』, 김진준 옮김, 김영사, 2002, p.220

기의 천재가 아닌 이상) 모방과 답습 사이에서 길을 잃고 고민하고 자책하다가 자신만의 창조를 하게 되는 게 아닐까.

창조의 반대말은 모방이나 답습이 아니라 '안 창조', '못 창조', '창조하려고 시도조차 안 함'이다.

장난기 어린 태도를 유지한다

유명한 잠언이나 경구에는 무릎을 탁 치게 만드는 멋진 문장도 많지만, 하나 마나 한 말들인 경우도 적지 않다. 야구계의 유명한 명언인 요기 베라의 "끝날 때까지 끝난 게 아니다"라는 이야기를 처음 들었을 때 이게 무슨 '헛소리'인가 싶었다.

'당연한 말이잖아. 끝날 때까지 끝난 게 아니지, 시작하기 전엔 시작한 게 아닌 거고.' 깨달음 대신에 반발심만 들었다. 문득 생각해보면 맞는 말 같지만 요모조모 따져보면 이치에 맞지 않는 말이다. 대작가인 펄벅도 비슷한 말을 했다.

"일을 즐길 수 있는 비결은 잘하는 것이다. 또한 일을 잘하고 싶으면 즐겨라."

어디서부터 시작하라는 건지, 일단 잘하라는 건지, 즐기다 보면 잘하게 된다는 것인지, 잘하기 위해서는 먼저 즐기라는 것인지, 듣는 사람 참 난처하게 만드는 잠언이 아닐 수 없다. 이런 잠언이 한두 개가 아니다. '뻔뻔한 잠언집'이라는 제목의 책을 펴낼 수 있을 정도다. '뻔해 보이는 잠언'의 위력은 우리가 위기에 닥쳤을 때 실감하게 된다. 일상에서는 뻔한 말이지만, 우리가 막다른 골목에 처했거나 정말 모든 게 끝났다는 생각이 들 때가 오면 단어의 의미들이 달라진다. 그때에서야 삶의 관찰이 시작된다.

평소에 우리는 삶을 관찰하지 않는다. 삶의 미세한 틈을 눈여겨보지 않는다. '끝날 때까지 끝난 게 아니다'라는 문장에는 인간에 대한 관찰이 녹아 있다. 인간과 삶에 대한 관찰과 그로 빚어진 통찰이 짧은 문장에 압축돼 있다.

삶을 관찰한다는 말은 어려워 보이지만 누구나 조금만 노력하면 할 수 있다. 물론 쉽지는 않다. 우선 삶과 자신을 분리시켜야 한다. 소설가 월터 애비시는 "글쓰기에서 제일 중요한 한 가지는 다루는 소재에 대해 장난기 어린 태도를 유지하는 겁니다"라고 했지만 이 말은 생활의 관찰에서도 유용한 비법이다. 우리는 삶을 바라볼 때 너무 깊이 바라보거나 너무 얕게 바라본다(아, 이런 문장은 정말 대가들의 하나 마나 한 잠언을 닮았다). 대상에 지나치게 몰입하는 순간 객관성을 잃게 되고, 대상에서 너무 멀리 떨어지는 순간 감정이입이 힘들어진다.

1. 창작의 도구들

내 책상 위의 _____

친구들 _____

화이트보드

계획을 적는다. 인물의 관계도를 그린다. 메모를 붙인다.

영화를 본다. 책을 읽는다. 메모를 하고, 그림을 그린다. 게임도 가끔은 한다.

Ipad pro 10.5

에스프레소 잔

커피를 뽑기 전에 늘 고민한다. 단단하게 압축된 에스프레소를 마실 것인가, 아니면 오랫동안 천천히 즐길 수 있는 룽고를 고를 것인가.

손톱이 길면 아무것도 하지 못한다. 손톱이 길면 누군가를 할퀴는 글을 쓸 것 같아서, 최대한 짧게 깎는다.

손톱깎이

BOSE QC35

노이즈 캔슬링의 신세계를 열어준 블루투스 헤드폰. 주변의 모든 노이즈를 캔슬하고 나면, 알지 못했던 소리들이 귓속으로 몰려온다.

크지 않은 방이라면 이 정도 스피커
로도 소리를 장악할 수 있다. 소리를
장악해야 장면을 떠올릴 수 있다.

BOSE 블루투스 스피커

ACE 독서대

두 손을 편하게 하고 책을 읽는다. 강 건너 불
구경하듯, 독서대에 포박되어 있는 책을 읽
는다.

미세하게 빛을 관리한다. 빛의 세기와
색과 방향과 시간을 조절한다.

샤오미
스탠드

TIGER
텀블러

뜨거운 것은 뜨거운 대로, 차가운 것은 차가운 대로.
텀블러를 사고 나서 물을 더 많이 마시게 됐다. 글을
쓸 때도, 뭔가 볼 때도, 계속 물을 마신다.

세계를 내다보는 27인치 창문.

imac 27

모나미의 네임펜

대놓고 이름을 쓰라고 만든 펜이다. 제한하니까 오히려 다른 것
도 하고 싶어지잖아. 네임펜으로 그림 그리기, 네임펜으로 벽에
낙서하기, 네임펜으로 약도 그리기……. 그렇지만 책에 사인할
때 가장 많이 쓴다. 굵기에 따라 세 종류가 있는데, 중간 글씨용이
가장 마음에 든다. 새 책이 출간되면 문구점에 들러서 네임펜 한
다스를 산다. 남을 게 분명하지만 그래도 사치를
부려본다. 집에 쓰다 만 네임펜이
한가득이다.

모나미 네임펜

아트라인(Art Line)의 드로잉 시스템 0.2

얇아서 좋다. 얇은 펜이 종이 위를 지나갈 때의 서걱거림, 까끌까
끌한 촉감을 좋아한다. 얇은 펜으로 그림을 그리면 어쩐지 그림
을 잘 그리는 사람이 된 것 같은 착각이 든다. 선이 얇아지므로 섬
세하게 그리게 된다. 섬세하게 그리려면
자세하게 관찰해야 한다. 선이
얇아질수록 눈썰미가 좋아진다.

아트라인 0.2

페이퍼의 53펜슬

IOS에 'Paper'라는 앱이 있다. 53펜슬은 Paper에서 만든 스타일러스 펜이다. 나무 모양의 몸통만 보면 아날로그 펜 같지만 아이패드와 궁합이 잘 맞는 펜이다. 53펜슬을 손에 쥐고 아이패드를 펼치면 뭔가 그리고 싶어진다. 선을 긋고 색을 칠하고 싶어진다. 그렇게 그린 그림이 많다. 뭔가 일이 잘 풀리지 않을 때면 53펜슬을 손에 쥐기도 했다. 친구에게 선물 받은 것인데 친구는 53펜슬을 건네며 이렇게 말했다. "나보다는 너한테 더 필요할 것 같아서." 나한테 정말 필요한 펜이었다. 애플 펜슬이 나오기 전까지는……

페이퍼의 53펜슬

무지의 볼펜

장식도 없고, 로고도 없다. 그냥 볼펜이다. 무미건조하게 투명하다. 볼펜에 많은 것을 바라지 않는다. 부드럽게 흘러가서 매끈하게 마무리 지을 수 있으면 된다.

무지의 볼펜

네오랩 컨버전스의 네오 스마트펜 N2

처음에 써보고 얼마나 신기했는지 모른다. 종이에 쓰면 어플리케이션에 자동으로 입력된다. 이곳에 단어를 쓰면 저곳에 단어가 나타난다. N2는 전용 노트가 필요한데, 노트를 잘 살펴보면 'N코드'라 불리는 작은 점들이 빼곡하게 들어차 있다. 글씨를 쓸 때마다 N코드 좌표가 만들어지고, 그 좌표를 어플리케이션으로 전송하는 시스템이다. 생각해보면, 상징적인 시스템이다. 글을 쓰는 일은 좌표를 찍는 일이랑 비슷하니까, 내가 지금 어디에 서 있고, 어떤 생각을 하는지, 자신의 위치를 확인하는 일이니까.

네오 스마트펜 N2

팔로미노의 블랙윙

블랙윙은 존 스타인벡이 사랑한 연필로 유명하다. 그는 이렇게 적었다. "새 연필을 찾아냈어. 지금껏 써본 것 중에 최고야. 물론 값이 세 배는 더 비싸지만 검고 부드러운데도 잘 부러지지 않아. 아마 이걸 항상 쓸 것 같아. 이름은 블랙윙인데, 정말로 종이 위에서 활강하며 미끄러진다니까." 원조 블랙윙은 단종되었고, 새롭게 출시된 블랙윙은 예전만 못하다는 말도 많지만, 나는 블랙윙 'PEARL'의 팬이다. 정말 부드럽게 미끄러져서, 책을 읽으며 밑줄 그을 때 최고다. 책을 읽는다는 것은 세상의 표면을 부드럽게 미끄러지는 행위라는 사실을 매번 깨닫게 된다.

팔로미노 블랙윙

크래프트 디자인 테크놀로지의 item 028 : 메모롤

소설을 쓸 때면 벽면에다 인물 관계도를 만든다. 요즘은 커다란 창문에다 만든다. 주인공의 이름을 적을 때는 포스트잇을 쓰지만 인물의 관계를 설명할 때는 메모롤을 사용한다. 많은 문장을 적을 수 있고, 의외로 접착력이 강하다. 메모롤에다 소설을 한 문장 씩 적은 다음 위치를 바꿔가면서 글의 구조를 고쳐본 적도 있다. 바위에 새기듯 절대 고칠 수 없는 문장을 쓰는 것이 아니라 언제든 가볍게 뜯어내서 재조립할 수 있는 문장을 쓰고 싶다.

애플의 펜슬

처음엔 사지 않으려고 했는데, 사지 않겠다고 마음먹은 순간에도 언젠가 애플 펜슬을 사게 될 줄 알았다. 나는 애플을 믿으니까 그렇게 될 줄 알았다. 일본 여행 중에 애플 스토어를 보게 되었고, 들어가게 되었고, 정신을 차렸을 때는 이미 내 오른손에 애플 펜슬이 쥐어져 있었다. 왼손에는 영수증이 있었고. 여행 준비를 하면서 아이패드 프로를 챙겨오지 않은 걸 후회했다. 애플 펜슬을 샀지만 써볼 수는 없었다. 바라보고 있기만 해도 좋았다. 아름다우니까. 한국에 돌아와서 지금까지 애플 펜슬로 그린 그림이 몇백 장 된다. 쓰고 있으면 재미있다. 펜슬만 들고 있으면 뭔가 그리고 싶어지고, 글을 쓰고 싶다. 이 책에 실린 모든 그림은 애플 펜슬로 그린 것이다.

몰스킨의 플레인 노트

집에 몰스킨 노트가 몇 권이나 있을까? 이참에 한번 세어볼까?
일단 손도 대지 않은 노트가 세 권, 에버노트 몰스킨 노트가 두
권, 쓰다 만 게 하나, 둘, 셋, 넷, 다섯⋯⋯. 그러면서도 문구점에 가
면 몰스킨 노트 매장을 어슬렁거린다. 『토이 스토리』 스페셜 에디
션이 나왔던데⋯⋯ 『스타워즈』 에디션은 건너
뛰었으니 그거라도 사야 하나. 일기는 쓰지
않기 때문에 줄이 하나도 없는 플레인(Plain)
을 주로 사는데, 간단한 아이디어와 스케치
가 몰스킨 노트에 실린 채 방 구석구석에
방치되어 있다.

몰스킨의
플레인 노트

펜텔의 샤프 펜슬

세상에는 대략 몇 종류의 샤프 펜슬이 있을까? 알고 싶지 않다.
펜텔만 있으면 된다. 펜텔보다 훌륭한 샤프 펜슬이 많겠지만, 어
린 시절의 '로망'이었던 펜텔만 손에 쥐면 아이디
어가 샘솟는 것 같다. 0.5보다 0.7을
좋아한다.

펜텔의 샤프 펜슬

A4 용지

프린트 용지로도 쓰이고, 복사 용지로도 쓰이고, 급하게 메모해야
할 때는 메모지로도 쓰인다. 여러 번 접으면 작은 노트가 되기도
하고 반쯤 접으면 작은 스케치북이 되기도 한다. 아마도 내가 가
장 많이 쓴 노트이자 메모지였겠지.

OK,
컴퓨터!

486 DX2

1993

대학교 때 처음으로 컴퓨터를 써보았다. 486 DX2, 대충 그런 이름이었던 것 같다. 주변에는 컴퓨터 가진 친구들이 별로 없었고, 나는 '풀 컬러'로 출력한 과제물로 친구들을 기죽였다. 내용은 별로였지만 디자인은 끝내줬다. 실제로 교수님에게 그런 말을 들은 적도 있다. "다들 이런 식으로 해오세요. 성의가 보이잖아요." 친구들은 내가 얼마나 얄미웠을까.

1995

나만의 글 쓰는 방식을 개발했고, 얼마 전까지도 이 방식으로 글을 썼다. 우선 A4 종이에 제목을 적어서 가지고 다닌다. 첫 번째 문장이 생각날 때까지 계속 들고 다닌다. 생각날 때마다 틈틈이 종이에다 글을 쓴다. A4 종이 한 장을 모두 채우면 그 내용을 컴퓨터로 옮겨 적는다. 그대로 옮겨 적는 건 아니고, 뺄 건 빼고 더할 건 더한다. 옮겨 적은 내용을 A4 종이에 프린트한 다음 그 뒤에다 연필로 이어 쓴다. 그 과정을 여러 번 반복하면 한 편의 글이 완성된다.

2000

소설가가 되고 나서 써야 할 글의 양이 더 많아졌고, 컴퓨터 앞에 앉아서 생각을 하기 시작했다. 빈 종이를 보면서 생각하는 대신 빈 화면을 보면서 생각을 시작했다. 컴퓨터 화면에서는 빨리 입력을 시작하라는 '프롬프트 커서'가 깜빡인다. 프롬프트의 사전적 정의는 이렇다. "지시 메시지. 입력 재촉. 컴퓨터 시스템이 사용자에 대하여 다음에 어떠한 조작을 행해야 하는지 지시하기 위한 지시 메시지. 또는 명령 대기 상태에서 시스템이 표시하고 있는 기호. 프롬프트는 사용자와의 대화를 재촉하기 위해서 사용된다." 나는 컴퓨터와 대화를 시작했다. 컴퓨터는 나에게 이야기를 재촉한다.

2006

가장 좋아하던 노트북은 IBM의 '싱크패드 Thinkpad' 시리즈였다. 일명 '빨콩'이라고도 불리는 빨간색 트랙볼을 만지작거리면서 수많은 글을 썼다. 싱크패드 노트북을 가장 좋아한 이유는 키보드의 촉감 때문이었다. 어찌나 단단하고 탄력이 좋은지 정말 대화를 나누는 것 같았다. 내가 하나의 키를 누르면, 노트북의 키보드는 곧장 튀어 오르며 어떤 대답을 하는 듯했다.

2008

윈도우에서 애플의 운영체제로 옮겨
갔다. 윈도우를 쓰면서 얼마나 많은
하드디스크 '포맷'을 했을까. 얼마나
많은 조각모음을 했을까. 컴퓨터
조립도 여러 번 했고, 고장이 나서 뜯어본 적도
많다. 공포의 '블루스크린' 때문에 애간장도 많이 태웠다. 애플의
'맥(Mac)'을 쓰면서부터 그런 신경을 쓰지 않게 됐다.

애플의 가장 큰 장점은 '창작'에 있는 것 같다. 이상한 이야기
같겠지만 윈도우를 쓰면서는 주로 '감상'을 했는데, 애플을 쓰면
서부터 '창작'을 하게 됐다. 애플 컴퓨터에서는 모든 걸 쉽게 만들
수 있다. 글을 쓰는 것도 쉽고, 영상을 만드는 것도, 음악을 만드
는 것도 간편하다. 애플에서 만든 아이폰 역시 마찬가지다. 다른
휴대전화가 '더 좋은 화질'과 '더 빠른 속도'로 '다른 사람이 만든
콘텐츠'를 감상할 수 있다고 광고할 때, 아이폰은 뭘 자꾸 만들게
한다. 뭔가를 기록하고, 영상을 찍고, 편집하게 만든다.

2010

지금까지 얼마나 많은 글쓰기 프로그램을 사용했을까. 아래한글 시리즈(특히 아래한글 2.5와 97로 얼마나 많은 리포트와 습작을 썼던 가), 회사 다닐 때 도표 그리는 용도로 자주 이용했던 '엠에스워드 MS Word', 지금도 간단한 글을 쓸 때 이용하는 '페이지스Pages', 아이폰에서 글을 쓸 때 이용하는 '드래프트Drafts', 자료를 저장하는 용도로 사용하지만 가끔 글쓰기 프로그램 역할도 하는 '에버노트Evernote', 지금 이 글을 쓰고 있고 여러 권의 책을 쓰는 데 큰 기여를 했으며, 앞으로도 나의 '넘버원 프로그램'으로 남을 게 분명한 '스크리브너Scrivener' 등 수많은 프로그램에 적응해가며 글을 썼다. 글쓰기 프로그램은 종이에 비유할 수 있다. 어떤 프로그램은 표면이 거친 종이처럼 간단한 메모를 하기에 좋고, 어떤 프로그램은 매끄러운 종이에 그러듯 정성스럽게 글을 쓰게 된다.

2013

노트북과 컴퓨터의 모니터 화질이 점점 좋아지고 있어서 문제다. 종이에 인쇄된 것처럼 깨끗하니까 대충 쓴 글도 잘 쓴 것처럼 보인다. 자신의 글을 객관적으로 볼 수 없고, 심각한 착시 효과를 일으킨다. 글 쓰는 사람들을 위한 나쁜 화질의 컴퓨터 개발이 절실하다. 아니면 화질이 나빠 보이게 하는 프로그램이라도 하나 있어야 한다.

2015

컴퓨터 앞에 앉아서 주로 글을 쓰지만 모든 글쓰기는 종이에서 시작된다. 잠깐의 메모, 책에 그은 밑줄, 전단지 뒤에 한 낙서, 여백에 쓴 몇 개의 단어, 종이와 연필과 펜의 감각은 옅지만 오래 지속된다. 어떤 글의 제목을 정할 때면 꼭 종이에 써본다. 화면에 찍힌 글자를 보는 것과 종이에 직접 써보는 것은 전혀 다른 감각이다. 직접 써보면, 동그라미와 네모를 그리고 자음과 모음을 잇다 보면 문자의 의미가 정확하게 와닿는다. 앞으로도 나는 종이와 컴퓨터를 혼용할 것이다. 종이로 생각하고, 컴퓨터로 쓸 것이다. 컴퓨터 앞에서 생각하고 종이에 다시 쓸 것이다.

2016

키보드를 가려 쓴 적은 거의 없는 것 같다. '싱크패드'의 탄력 있는 감촉을 좋아하긴 했지만, 많은 사람들이 별로라고 말하는 '맥북에어'의 키보드도 만족스럽다. 많은 작가들이 좋아한다는 기계식 키보드도 써보았는데, 내게는 너무 시끄럽다. 기계식 키보드를 쓰고 있으면 타자기를 쓰던 군 시절이 떠오른다. 군에 가서 타자기 치는 법을 배웠는데 업무 보고를 하기 위해서 얼마나 정신 없이 쳐댔는지, 나중에는 나도 모르게 엄청난 타이피스트가 되어 있었다. 타자기를 칠 때 가장 중요한 것은 새끼손가락이다. 시프트(Shift) 키를 누르기 위해서는 필사적으로 새끼손가락을 움직

여야 한다(요즘 배우기 시작한 피아노를 칠 때는 왜 그렇게 새끼손가락
이 안 움직이는 걸까?). 키보드를 두드리기보다는 산책하듯 미끄러
지면서 키보드를 치고 싶다. 키보드를 여러 개 써보긴 했다. 벨킨,
로지텍, 다얼유, 레오폴드…… 그렇지만 예나 지금이나 가장 좋아
하는 키보드는 치기도 쉽고 들고 다니기도 쉽고, 무엇보다 아름
다운 애플의 블루투스 키보드다.

2017
'율리시즈Ulysses'라는 프로그램을 이용해서 글을 쓴다. 영화나
소설의 핵심 내용은 마크업 기능을 이용해서 정리한다. 율리시즈
를 싫어하는 사람들의 이유는 한결같다. 문단의 좌우정렬 기능이
없다. 왼쪽 정렬만 가능하다. 오른쪽 정렬이 들쭉날쭉하다 보니
보기에 예쁘지 않다는 것이다. 나는 오히려 그래서 더 마음에 든
다. 문단이 너무 가지런하면, 내가 글을 잘 쓴 것 같은 생각이 든
다. 화질이 나쁜 글쓰기 프로그램을 기대할 수 없다면 정렬이라
도 제대로 되지 않는 프로그램을 써야지. 메모를 하거나 생각을
정리할 때는 아이패드프로를 사용한다.

글을 쓰지 않을 때의 _____
나의 친구들 _____

10:00

눈을 떴다. 천장을 자세히 살펴보니 거미줄이 있는 것 같다. 없는 것 같기도 하고……. 어젯밤에 쓰던 글을 잠깐 생각한다. 어디까지 썼더라……. 생각해보니 아예 글을 쓰지 않았던 것 같기도 하다. 거미줄을 다시 찾는데 잘 보이지 않는다. 내게 들킨 걸 알고 거미가 줄을 걷고 철수했나? 그럴 리 없지. 잘 찾아보자. 눈을 가늘게 뜨고 천장을 자세히 살피다 보니, 다시 잠이 온다. 잠을 거절할 이유가 없다.

11:00

거미줄은 사라졌다. 아마 꿈에서 본 거겠지. 거미의 안부가 궁금하긴 하다. 이메일을 확인하고(스팸 메일만 두 개다) 포털 사이트와 유튜브에서 스포츠 관련 영상을 몇 개 본 다음, 간밤에 세계는 평안했는지 신문사 사이트에 들러본다. 물을 마신 다음 사과를 한 개 먹고, 동영상 사이트인 비메오(Vimeo)에 들러 추천 영상을 둘러본다. 오늘 재미있게 본 영상은 「뉴욕타임스」의 칼럼을 영상으로 구현한 작품이다.

13:00

오늘은 마감이 없는 날이다. 마감이 없다는 것은…… 써야 할 글이 없다는 뜻이고, 써야 할 글이 없다는 것은…… 오늘은 소설가가 아니라는 뜻이다. 소설가가 아닐 때 나는 뭐 하는 사람일까. 요즘 가장 많이 듣는 제이미엑스엑스의 앨범을 듣는다. 「Stranger in a Room」은 사람을 기묘하게 흥분시키는 곡이다.

　　다시 한 번 생각해본다. 소설가가 아닐 때 나는 뭐 하는 사람일까. 글을 쓰지 않을 때도 나는 글을 쓰는 사람이 아닐까. '방 안의 이방인'이라니, 라임도 딱딱 들어맞고 나중에 제목으로 써봐도 좋을 것 같다. 방 안의 이방인은 어떤 사람일까. 방 안의 이방인에 대해서 좀 더 생각해보자.

　　글을 쓰고 있을 때보다 글을 쓰고 있지 않을 때가 더 많은 글을 쓰고 있는 것 같다. 영화를 볼 때, 뮤직비디오를 볼 때, 음악을 들을 때, 책을 읽을 때, 만화를 볼 때, 나는 이미 글을 쓰고 있다. 겉으로 드러나지 않을 뿐, 문자로 찍히지 않을 뿐, 형태가 없는 글을 나는 이미 쓰고 있다. 엄밀한 의미에서 글이라고 할 수는 없다. 글이 될 수 있는 덩어리를 채취하는 것이다. 사금을 걸러내는 방식과 비슷하다. 물과 모래를 얇은 접시에 담고 돌리다 보면 가벼운 모래와 흙은 휩쓸려가고, 묵직한 금만 접시에 남게 된다. 계속 돌려야 하는 거다. 계속 돌리면 거기에 글만 남게 된다.

18:00

운동을 할 때는 메모를 할 수 없다. 아무리 좋은 생각이 떠오르더라도 멈춰서 적을 수 없다. 달리기를 할 때는 휴대전화 메모장에 적을 수 있겠지만, 수영장에서는 불가능하다. 두 가지 방법이 있다. 생각을 하지 않거나, 메모가 가능해지는 순간까지 계속 생각해서 기억하거나.

어느 순간부터 메모를 조금만 하게 됐다. 쉽게 잊어버린 이야기들은, 애당초 기억할 만한 이야기가 아닐 것이고 정말 잊어버리면 안 되는 이야기들은 결국 살아남을 것이다. 메모에 집착하는 순간, 내 기억력은 메모를 믿게 된다. 메모를 믿게 되면 끝장이다. 나는 달리고 물속을 헤엄치면서 메모를 믿지 않으려 애쓴다.

19:00

아무것도 하지 않을 때 나는 아무것도 아닌 사람인 것 같다. 소설가가 아니었을 때에는 아무것도 하고 있지 않다는 자괴감 때문에, 아무것도 할 수 없었다. 이제는 아무것도 하고 있지 않을 때에도 뭔가 하고 있다는 것을 알기 때문에 스스로의 발목을 잡으려 하지 않는다. 아무것도 하지 않는다는 건 불가능하다. '무언가 한다는 것'과 '아무것도 하지 않는다는 것'의 차이는 거의 눈에 띄지 않는다. 결과만 조금 다를 뿐이다. 사람들은 결과만 바라보기 때문에 그런 차이가 생기는 거다. 아무것도 하지 않고 있다는 걱정은 할 필요 없다.

20:00

글을 쓰지 않을 때에는 간단한 아이패드 게임을 다운로드 받아서 미친 듯 몰입한다. 한두 시간이 훌쩍 지나간다(솔직히 네 시간 동안 할 때도 있다). 스토리가 있는 게임보다는 간단한 게임을 선택할 때가 많다. 야구나 축구 게임, 레벨 형식으로 된 퍼즐 게임을 주로 한다(모뉴먼트 밸리처럼 게임과 퍼즐이 합쳐진 방식은 마음에 든다). 게임을 하고 있으면 순간적으로 뇌가 텅 비면서 무중력 상태 같은 순간을 경험하게 되는데, 이 느낌이 마음에 든다. 바닥에 너저분하게 쌓여 있던 생각이 모두 허공에 떠오른 다음 제각각 흩어지고, 전혀 생각하지 못했던 방식의 해결책이 떠오르기도 한다. 그래, 내일 쓸 에세이의 첫 문장은 그거로 하면 되겠다. 좋았어. 왜 오늘부터 쓰지 않냐고? 오늘은 봐야 할 드라마가 좀 있어서.

23:00

좁고 깊은 것보다는 얕고 넓은 편이 좋다. 글을 쓰지 않을 때에는 그래야 한다. 산책하듯 느긋하게 이리저리 둘러보고 기웃거린다. 어떤 일에도 깊이 관여하지 않고, 어떤 생각도 깊이 하지 않는다. '이제 곧 가을이 오겠네'라고 생각만 할 뿐 가을이 정확히 언제 오는지는 알려 하지 않는다. 얕고 넓게 기웃거리다가 중요한 순간이 되면 파고드는 거다. 집요하게 글을 쓰는 거다. 끈질기게 물고 늘어지는 거다. 아주 지긋지긋하게 감정을 파헤치고, 말의 방식을 여러 번 고치고, 사건의 순서를 제대로 맞추는 거다. 좁게 깊어지려면 일단은 얕게 넓어야 한다. 그러니까 드라마를 다 보고 난 다음에는 책을 읽어야지. 글을 쓰는 건 내일로 미루자.

24:00

일기는 쓰지 않는다. 하루를 정리하지도 않는다. 정리할 하루가 없었다. 정리하면 하루는 짧게 느껴진다. 정리하지 않으면 하루는 무진장 길어진다. 어제와 오늘의 구분이 없어지기 때문이다. 오늘과 내일도 굳이 나누지 않는다. 해야 할 일을 생각할 뿐이다. 써야 할 글을 생각할 뿐이다. 책을 읽다 보면 문득 내일 써야 할 글의 문장이 생각난다. 중요한 문장일까? 그럴 수도 있고 아닐 수도 있다. 내일 가보면 알겠지. 나는 계속 책을 읽는다. 음악을 들으며 책을 읽는다. 밤 독서에 어울리는 곡은 디 인터넷의 「Gabby(feat. 저넬모네이)」이다. 책을 읽다가 나는 스르르 눈을 감는다.

글을 쓸 때의 _____

나의 친구들 _____

7:00

눈을 떴다. 어제 쓴 글의 마지막 문장을 생각한다. 소리 내어 발음해본다. 머릿속의 백스페이스(Backspace) 버튼을 눌러 어제 쓴 글을 지워본다. 새로운 문장. 완전 새로운 문장. 그런 게 있을 리 있나. 지웠던 어제의 문장을 다시 붙여 넣고, 이어서 문장을 써본다. 졸리다.

10:00

여기가 어디지. 현실이다. 소설을 쓰고 있을 때, 현실이라는 것은, 전혀 현실적이지 않다. 가상의 공간에 살고 있는 것 같다. 어젯밤에 내가 만들어낸 소설 속 세계가 진짜 현실 같다. 늦은 밤까지 나는 소설 속 공간에서 실재하고 있었다. 주인공에게 차마 하지 못할 짓을 했다. 주인공을 잘못된 길로 보낸 것 같지만, 어쩔 수 없다. 그 길밖에는 달리 방법이 없었다. 오늘은 어떻게든 끝을 봐야한다.

14:00

간단하게 아침 겸 점심을 먹고 어젯밤에 듣던 음악을 재생한다. 소설을 쓰고 있을 때 음악은 좋은 통로가 되어준다. 어젯밤에 듣던 음악을 다시 들으면, 어젯밤에 있었던 소설 속 세계로 곧장 뛰어들 수 있다. 새로운 소설을 쓸 때마다 이야기에 맞는 배경음악을 고르는 것도 그 때문이다. 지금 쓰고 있는 소설의 배경음악은 블라디미르 호로비츠의 『Horowitz at Home』이다. 호로비츠가 가장 편한 상태로 연주한 앨범이라서 그런지 마음이 차분하게 가라앉는다. 호로비츠의 피아노를 들으면서 어젯밤에 쓴 글을 천천히 다 읽었다.

세계는 어젯밤에 끊어졌고, 나는 불완전한 세계의 단면을 들여다보고 있다. 나는 세계를 이어나가야 한다. 어제 쓴 글을 조금씩 고쳐 쓰면서 내 몸을 소설의 세계에 적응시킨다. 내 몸이, 뇌가, 조금씩 말랑말랑해진다. 소설의 세계에 접어들면서, 내 몸은 액체 상태로 변한다. 내 몸이 사라지고 있다. 시간의 개념을 잃어버리고 공간을 지각할 수 없게 된다. 나는 소설 속으로 들어간다.

20:00

눈을 떠보니 해가 졌다. 소설의 세계에서 빠져나온 내 몸은 너덜너덜해져 있다. 주인공과 격렬한 대화를 나눈 직후여서 내 귓속으로는 수많은 대화가 들린다. 나는 저녁을 먹기 위해 밖으로 나간다. 술을 마시는 사람들 사이로 걸어 다니면서 현실감각을 찾으려고 애쓴다. 몸속에 이야기가 꽉 차 있어서 눈에 보이는 모든 것이 이야기로 바뀐다. 계속 걷는다. 다리가 아플 때쯤에야 저녁을 먹으러 식당으로 들어간다.

23:00

소설은 잡식성 괴물이다. 소설을 쓰고 있을 때면 눈에 보이는 모든 것, 들리는 모든 소리, 느껴지는 모든 감각이 소설의 먹잇감이 된다. 모든 걸 집어삼킨 소설은 소화되지 않은 먹잇감을 다시 내뱉는다. 평소에는 대수롭지 않게 보아 넘겼을 다큐멘터리 프로그램이, 소설을 쓰고 있을 때는 대단한 자료가 된다. 간절한 만큼 보이고, 잘 쓰고 싶은 만큼 많이 느낄 수 있다.

소설을 마무리하기 위해 다시 책상 앞에 앉는다. 어디까지 썼더라. 더 이상 소설을 쓰지는 않는다. 지금까지 쓴 부분을 읽고, 내일 쓸 부분을 생각한다. 활시위를 당겨둔 채로 잠이 들어야 한다. 일어나서 곧장 활을 쏠 수 있으려면, 팽팽한 긴장의 상태로 잠이 들려면 더 이상 쓰지 말아야 한다. 간략한 메모만 적어둔다. 주인공의 동선과 해야 할 말의 압축 버전, 잊어버리지 말아야 할 소설 속 소품, 주인공의 심리 상태, 체력 상태를 적어둔다.

나는 노트북을 닫고 자리에 눕는다. 눈앞에는 역시 소설 속 인물들이 어른거린다. 그들을 이불 삼아 덮고 잠이 든다.

서점의 발견

서울 시내의 대형 서점에 들르면 늘 특정 분야의 책만 보고 오곤 했다. 일단 문구점에 들러서 (필기구와 수첩류에) 새로 나온 제품이 없나 살펴보고, 조금이라도 머리가 맑을 때 인문학 책부터 살핀다. 글 쓰고 책을 펴내는 것이 직업인데도 이상하게 서점에만 가면 빨리 피로를 느끼는 체질이다. 세계의 온갖 지성들이 모여 자웅을 겨루는 장소라 주눅이 드는 것인지 아니면 책 먼지가 심해서 그런 것인지 그것도 아니면 내 책이 이렇게 큰 서점에 입고돼 있다는 현실이 믿기지 않아서 다리가 후들거리기 때문인지 이유는 모르겠다. 종교와 역사와 철학을 두루두루 거치고 나면 문학 쪽으로 간다. 문학으로 가도 절대 한국문학 쪽으로는 가지 않는다. 혹시 내 책이 거기 있을까 봐, 누군가 심드렁한 표정으로 내 책을 읽고 있는 장면을 목격할까 봐 절대 가지 않는다(이건 너무 좋은 경우만 상상하는 거겠지. 내 책이 거기 없을 수도 있다!). 알고 지내는 사람들이 서점에서 내 책을 보고 사진을 찍어 보내주는 경우 말고는 서점 진열대에 오른 내 책을 본 적이 거의 없다. 책을 여러 권 냈는데도 나는 어쩐지 계속 부끄럽다.

외국소설과 에세이와 새로 나온 시집을 살펴보고 곧장 예술 쪽으로 자리를 옮긴다. 예술 쪽에 가면 보고 싶은 책이 무척 많다. 음악과 미술과 스포츠와 영화와 춤의 책들이 나를 사로잡는다. 거기서 한참 시간을 보낸 다음 자연과학 쪽으로 가서 최근 공들여 읽고 있는 '우주'와 '몸'에 대한 책이 새로 나온 게 없나 확인한 후에 컴퓨터와 프로그램에 대한 책을 뒤적인다(매뉴얼을 보는 게

나의 취미라면 취미다). 그러고 나서는 이어폰, 휴대전화 케이스 같은 액세서리를 파는 가게에서 한참 아이쇼핑을 한 후 기진맥진하여 밖으로 나선다. 나의 서점 여행은 늘 비슷비슷한 여정으로 이뤄진다.

서점에 갈 때마다 매번 놀라는 것은 세상에는 여전히 참으로 많은 책들이 출간되고 있다는 것이다. 불황이든 안 팔리든 인문학의 위기든 소설의 위기든 어쨌거나 사람들은 책을 만들고 또 책을 산다. 종이책이 사라질지도 모른다는 사람들의 걱정이 어쩌면 기우가 아닐까 싶게 활자가 넘쳐난다. 독자를 유혹하는 책들의 기운이 천장까지 뻗어 있고, 원하는 책을 찾으려는 독자들의 집중력이 바닥을 뚫고 지나간다. 세상에는 무슨 일만 생겼다 하면 책부터 검색하는 나 같은 사람이 여전히 많은 것이다(그래요, 저, 컴퓨터, 디자인, 스포츠, 연애, 꽃꽂이, 바둑, 기타, 피아노 조율…… 모든 걸 책으로 배웠어요). 나는 나라는 인간을 만들어준 책의 힘을 믿는다. 책을 만들어 자신의 생각을 전달하려는 사람의 절실함을 잘 알고, 책을 통해 자신을 발전시키려는 사람의 절실함도 잘 안다. 그래서 책과 서점이 절대 사라지지 않을 거라고 믿는다. 그래서인지, 그럼에도 불구하고인지, 경제와 경영 관련 책 근처에는 거의 가본 적이 없는 것 같다.

한때 자기계발서를 미워한 적이 있었다. 고백한다. 죽도록 싫어했다. "계발 따위 개나 줘버려!" 같은 심한 말로 관련 책들을 모욕했고, 그런 책을 내는 것 자체가 심각한 종이 낭비라고 생각했다. 하나 마나 한 말들의 잔치를 벌이다가 해보나 마나 한 습관의 힘을 강조하다가 자기는 하지도 못할 마음의 평정을 요구하며 어물쩍 모든 책임을 독자들에게 떠넘기는 책이라고 생각했다. 솔직히 지금도 그런 마음을 다 버리지는 못했지만 '자기계발'이라는 단어를 '싸잡아' 욕하지는 않게 됐다. 얼마 전부터 자기계발서들을 조금씩 찾아서 보기 시작했다. 어느 분야나 마찬가지겠지만 거기에도 숨은 보물이 많았다.

서점의 자기계발서 분야에서 가장 자주 볼 수 있는 단어가 바로 '창의성', '창조', '독창성' 같은 단어들이다. 이상한 일이다. 자기를 계발하려면 오히려 꽃꽂이나 도자기를 배워야 하는 거 아닌가? 카메라 사용법이나 블로그 만드는 법을 배워야 자기계발에 도움이 되는 거 아닌가? 사람들이 생각하는 자기계발과 내가 생각하는 자기계발이 그동안 달랐던 것이다. 자기계발서 분야의 독창성을 강조하는 책들은, 말하자면 컴퓨터 프로그램 매뉴얼처럼 '독창성'을 배울 수 있다는 말이었다. 나는 나를 계발하기 위해서가 아니라 사람들이 계발하고자 하는 자기를 들여다보고 싶어서 책을 읽기 시작했다.

나만의 플레이리스트 ————————
만드는 법 ——————————————

글을 쓰면서 함께 할 수 있는 일은 거의 없다. 텔레비전을 볼 수도 없고, 라디오를 들을 수도 없다. 고등학교를 다닐 때는 라디오를 들으면서 시험공부를 할 수 있었는데(그래서 성적이 잘 나왔는지는 묻지 말기로 하자), 점점 멀티태스킹 능력이 떨어지는 것인지 아니면 점점 예민해지는 것인지 모르겠다. 글을 쓰면서 함께 할 수 있는 유일한 행동은 음악을 듣는 것 정도다. 모든 음악을 들을 수 있는 것도 아니다. 일단 한국어 가사가 나오면 무조건 탈락, 너무 쉬운 영어 가사가 나와도 탈락(나의 영어 수준은 묻지 말기로 하자), 비트가 무한 반복되는, 지나치게 단순한 노래도 탈락(EDM이여 안녕!), 들을 때마다 너무 좋아서 일을 잠시 멈추게 만드는 노래도 탈락, 이러다 보니 글을 쓰면서 들을 노래가 많지 않다.

컴퓨터로 일러스트 작업을 할 때는 오히려 다른 일들을 함께 해야만 일의 능률을 높일 수 있다. 아이디어 구상을 할 때는 고도의 집중이 필요하지만 일단 스케치가 끝나고 나면 그 다음부터는 단순 작업이 이어진다. 선을 긋고 색을 칠하는 일은 거의 무의식의 영역이라 할 수 있다. 많은 일러스트레이터들과 만화가들이 라디오와 팟캐스트를 듣고, 예능 프로그램을 그토록 많이 보는 데는 다 이유가 있다. 그림을 그리는 것과 글을 쓰는 것은 완전히 다른 영역의 예술 활동이다.

소설을 쓸 때와 산문을 쓸 때 역시 음악 듣는 방식이 달라진다. 산문을 쓸 때는 적극적으로 음악을 듣는다. 내가 쓰는 산문의 대부분은 '지금, 여기, 나의 이야기'니까 요즘 듣는 음악을 들으며 글을 쓸 때가 많다. 음악의 전개가 글을 쓰는 데 도움이 될 때도 많다. 예를 들어 앤디 쇼프의 「Drink My Rivers」의 도입부를 들으면 언제나 기분이 좋아지고, 노래를 끝까지 듣고 나면 이상한 우수에 빠지게 된다. 유쾌하게 시작했다가 조금은 우울하게 끝나는 산문을 쓰고 싶으면 그 노래를 듣는다. 플레이리스트는 자주 바뀐다.

예전에는 소설을 쓸 때면 영화의 사운드트랙처럼 음악을 골라놓기도 했다. 소설을 쓰려고 책상에 앉으면 무조건 플레이리스트를 작동시켰다. 음악은 소설의 피부가 되고, 음악은 소설의 마디가 된다. 지금도 몇몇 노래를 들으면 구체적인 문장이 떠오를 때가 있다. 「비닐광 시대」라는 단편소설을 쓸 때가 생각난다. 디제이에 대한 소설이었기 때문에 플레이리스트를 고를 때도 고민이 많았다. 디제이 섀도우의 음악을 가장 많이 들었고, 디제이 소울스케이프와 비스티 보이즈의 음악도 플레이리스트에 많았다. 그중에서도 디제이 섀도우의 「Organ Donor」라는 곡은 소설의 중요한 뼈대였다.

새로운 것은 어디에도 없다. 누군가의 영향을 받은 누군가, 의 영향을 받은 또 누군가, 의 영향을 받은 누군가, 가 그 수많은 밑그림 위에다 자신의 그림을 그려나가는 것이다. 그 누군가의 그림은 또다른 사람의 밑그림이 된다. 우리는 모두 보이지 않는 여러 개의 끈으로 연결돼 있다. 그러므로 우리들은 모두 어느 정도는

디제이인 것이다. (중략) 처음에는 어울리지 않을 것 같던 소리들
이 내 손끝을 통해 하나가 됐다. 스피커와 헤드폰에서 비트가 흘
러나와 연습실을 가득 채웠다. 오랜만에 느껴보는 비트였다. 심
장이 울렁거렸다. 이 비트야말로 나다. 나는 디제이다.°

요즘은 음악 듣는 방식이 많이 바뀌었다. 소설을 쓸 때도 예전
처럼 사운드트랙을 만들어놓지 않는다. 오히려 주위의 소리에 더
욱 집중하며 쓰고 있다. 사람들이 웅성거리는 소리, 누군가의 발
자국 소리, 카페에서 들리는 잡담들이 소설의 사운드트랙이 될
때가 많다. 내부의 리듬을 충실히 따르며 글을 쓰고 있다. 때로는
소설 속 주인공들의 목소리를 들으며 쓰고 있다. 환청일까. 환청
일지도 모르지만, 실제로 들릴 때가 많다. 산문을 쓸 때는 여전히
음악을 듣는다. 주로 '네이버 뮤직'이나 '아이튠스 라디오'나 '애
플 뮤직'의 음악을 랜덤으로 플레이시킨다.
　소설의 중요한 장면을 쓸 때는 음악을 이용하기도 한다. 이건
오랫동안 이용하는 '나만의 팁'인데 소설에서 가장 감정적인 부
분을 써야 할 때면 'Adagio'라는 이름이 붙은 플레이리스트를 재
생한다. 플레이리스트를 만드는 방식은 간단하다. 아이튠스에 최
대한 많은 클래식 음반들을 넣어둔 다음 제목에 'adagio'가 들어
가는 곡들만 따로 추려내는 것이다. 클래식 음악을 이런 식으로
듣는다는 게 좀 찜찜하긴 해도 아다지오의 템포가 감정적인 글을
쓰는 데 가장 잘 어울리는 것 같다. 그 음악들의 멜로디가 아니라

○
「비닐광 시대」, 『악기들의 도서관』,
문학동네, 2008, p.104~105

템포에 마음이 움직인다. 뜬금없이 디제이 티에스토의 「Adagio for Strings」°가 흘러나와서 사람을 놀래키기는 해도 나로서는 꽤 오랫동안 이용할 것 같은 방법이다.

○
https://www.youtube.com/
watch?v=8tIgN7eICn4

2. 창작의 시작

쓰고 싶은 것을 ─────────────
제대로 쓰는 방법 ─────────────

좋은 글과 나쁜 글을 구분할 마음은 별로 없지만(세상에 나쁜 글이란 거의 없다고 생각한다. 못 쓴 글이 있을 뿐이다. 못 쓴 글은 나쁜 글인가? 그건 아닐 것이다) 서너 가지 정도의 기준은 있다. 한 문장에 같은 단어가 서너 개 있을 때 나는 그 글을 신뢰하지 못한다. 똑같은 단어를 여러 번 반복하는 사람은 글쓰기를 못하는 게 아니라 글쓰기에 관심이 없는 것이다. 자신의 주장을 지나치게 반복하는 글도 믿을 수 없다. 자신의 주장을 가장 정확하고 빠르게 전달할 수 있는 수단은 글쓰기가 아니라 말하기다. 마지막 대목을 '교훈'이나 '반성'으로 끝내는 글도 믿을 수 없다. 간단한 반성만큼 위험한 것이 없다. 세 가지 기준 중에서 사람들이 가장 빠지기 쉬운 글쓰기의 함정은 세 번째일 것이다. 우리는 학교에서 그렇게 글쓰기를 배웠다(지금은 어떤지 모르겠지만 내가 학교를 다닐 때는 그랬다). 우리는 글을 마칠 때쯤이면 반드시 뭔가 깨달아야 하고, 자신을 돌아봐야 한다. "나는 내일부터 어찌어찌해야겠다고 생각했습니다"라거나 "나는 반성을 하면서 잠이 들었습니다"라고 쓰도록 배웠다. 세상에, 반성과 후회가 그토록 쉬운 것이었나.

스코틀랜드 화가 폴 가드너의 말을 인용하고 싶다.

"그림은 결코 완성되지 않는다. 다만 흥미로운 곳에서 멈출 뿐이다."

나는 글쓰기 역시 마찬가지라고 생각한다. 사람들이 원고지 14매 정도의 산문을 어떻게 하면 잘 쓸 수 있는지 물어본다. 대답은 간단하다. "글을 쓰기 시작하여 원고지 14매가 되면 멈춘다."

황당하다는 표정으로 내 얼굴을 보겠지만, 나도 그 말밖에는 달리 해줄 게 없다. 아니면 이렇게 얘기해줄 걸 그랬나?

"원고지 14매를 네 등분합니다. 3-5-4-2의 비율이면 딱 좋습니다. 3은 도입부입니다. 슬슬 준비운동하면서 시작하는 겁니다. 5는 전개부입니다. 이야기가 본격적으로 펼쳐지는 부분이라 가장 많은 양을 할애해야죠. 4는 이야기가 절정으로 치닫는 부분입니다. 2는 마무리입니다. 13매가 넘어가면, 슬슬 교훈을 꺼내봅시다. 글을 쓰다가 뭐라도 하나쯤 느낀 게 있지 않아요? 반성도 괜찮고요. 이렇게 14매를 채우면 완벽한 산문이 탄생하는 겁니다."

위악적으로 쓴 문단이지만, 저렇게 '프레임'을 짜놓고 글을 쓰면 망하는 거라고 하는 말이지만, 나 역시 이 비난에서 자유롭지 못하다. 저런 방식으로 글을 쓸 때도 있다. 자주 그랬다. 원고 청탁을 한 잡지사의 기자들은, 일기장에나 쓸 법한 헛소리를 14매 분량이나 읽고 싶지는 않을 것이다. 글을 써서 먹고사는 사람이라면 모름지기 계획적으로 글을 구성할 줄 알아야 하고, 자신이 하고 싶은 이야기를 정확히 압축할 줄 알아야 한다.

글을 쓸 때의 제한과 제약이 나를 완성시키기도 하고, 동시에 나를 망가뜨리기도 한다. 나는 생각나는 대로 마구 쓰고 싶지만, 그러면 돈을 받을 수 없다(예전에는 "작가님, 보내주신 글 잘 받았지만 저희의 의도와는 많이 달라서요. 수정 부탁드릴게요"라는 말을 자주 들었다). 나는 생각나는 대로 마구 쓰고 싶지만, 한정된 분량 덕분에 내 생각을 정리할 수 있다. 내가 쓰고 싶어 하던 게 어떤 내용인지 정확히 알 수 있다.

문제는 분량만이 아니다. 글을 써나갈 때 나는 자주 '내 안의 적'과 맞닥뜨린다. '내 안의 적'과 자주 싸운다. "이걸 쓰려고? 아버지 얘기를? 사람들이 뭐라고 생각할까? 자세하게 쓸 거야? 집안사를 그렇게 다 얘기하는 게 괜찮아? 일단 써보기나 해봐. 너무 심하게 쓰면 좀 그렇지 않겠어?" 나는 마구 써내려가고 싶다. 아버지에 대한 어린 시절의 분노를 가감 없이 드러내고 싶다. 하지만 글을 쓰면서 나는 조금씩 문장을 정제했다. 다듬고 고쳐나갔다. 최고점과 최저점을 제외한 점수를 평균 내는 스포츠 심사위원단의 방식처럼, 나는 가장 거친 생각과 지나치게 추억에 젖은 마음을 지워버렸다. 그게 옳은 방식일까. 여전히 나는 궁금하다.

분노를 가감 없이 드러내고 싶은 것도 나의 마음이지만, 한 발짝 물러서서 그걸 다듬고 싶은 것도 나의 마음이다. 분노를 가감 없이 드러낸다면, 솔직하다면, 무조건 좋은 글이 되는 것일까. 아니, 너무 많이 다듬게 되면 내 생각을 정확히 전달할 수 없는 게 아닐까. 끊임없는 질문에 나는 대답을 해야 한다. 글은 결코 완성될 수 없다. 어떤 문장은 제외되고 어떤 문장은 추가된다. 내가 던지는 질문에 내가 대답하면서, 겨우 산문을 마무리하고 나면 엄청난 허탈감에 빠지게 된다.

소설을 쓸 때면 조금 다른 방식의 자기 검열이 일어난다. 산문을 쓸 때 '실제의 나'와 '글 쓰는 나'가 대립한다면, 소설을 쓸 때는 '글 쓰는 나'와 '상상하는 나'가 맞붙는다. 과연 저 사람을 죽여도 좋은가. 죽일 수 있는가. 지나치게 과격한 방식이 아닌가. 죽인다면 어떤 방식으로 죽여야 하는가. 총을 쏴서? 아니면 목을 졸라서? 글 쓰는 나는 상상하는 나에게 계속 묻는다. 상상하는 나는 무조건 쓰라고 말하지만, 글 쓰는 나는 자꾸만 멈칫하며 되묻는다.

모든 이야기를 마치고 나면 '이번에도 실패했다'는 생각이 든다. 상상하는 나를 자유롭게 풀어주지 못한 것 같아서, 때로는 상상하는 나를 지나치게 믿고 만 것 같아서, 후회가 든다. 돌이킬 수 없다. 손을 놓아야 한다. 평생 한 가지 이야기를 쓰고 있을 수는 없다. 같은 이야기를 새롭게 하거나, 다른 이야기를 똑같은 방식으로 한 번 더 하거나, 어쨌든 다시 써야 한다. 『하얀 이빨』을 쓴 소설가 제이디 스미스는 이런 말을 했다.

"소설을 쓰는 가장 큰 이유는 마지막 단어를 쓰고 난 후의 4시간 30분을 위해서일 때도 있다."

나는 저 말이 무슨 뜻인지 안다. 소설을 써본 사람은 저 말이 무슨 뜻인지 알 것이다. 소설은 끝났지만 이야기에서 빠져나올 수는 없다. 책상 앞에 앉아서 멍하니 마지막 문장을 보고 있을 수밖에 없다. 세상에서 오직 나 혼자만 아는 이야기가, 누구도 그 존재조차 눈치채지 못한 이야기가, 하나 생긴 것이다.

이번에도 실패했다. 실패했지만 그래도 좋았다. 나는 내가 쓰고 싶었던 것을 썼고, 그럼에도 쓸 수 없는 것을 쓰지 못했다. 이번에 쓰지 못했던 것을 다음에 다시 쓰려고 할 것이다. 글쓰기는 쉽게 끝나지 않는다.

───────────────── 두 번 읽으면
────────── 방향을 찾을 수 있다

늦은 밤, 일을 모두 끝낸 다음 이불을 뒤집어쓰고 좋아하는 음악을 틀어놓고 책을 읽기 시작하면 '아, 맞아, 이 느낌이었지'라는 감탄과 함께 독서 감각이 살아난다. 글자들이 춤을 추고, 문단들이 길을 만들고, 종이가 부풀어 오르는 것 같다. 영화를 보는 것도 좋고, 게임을 하는 것도 좋지만, 책을 읽을 때의 감각은 오직 책을 읽을 때만 살아난다. 미나리를 먹어야 미나리의 향과 식감을 맛볼 수 있듯(그래요, 저는 미나리 마니아!) 책을 읽을 때만 맡을 수 있는 산뜻하고 알싸하기도 한 책의 향기가 따로 있다.

대학을 다닐 때 하루에 한 권씩 책을 읽던 시기가 있었다. 도서관에 앉으면 아무 책이나 골라서 끝까지 읽었다. 할 일이 없었다. 휴대전화는 당연히 없었을 때였고, 여자친구도 없었을 때였으니 할 일이 당연히 없었겠지. 남아도는 게 시간이라서 누구에겐가 대여해주고 싶을 정도였겠지. 도서관에 앉아서 주로 소설이나 철학서를 읽었다. 무슨 말인지 잘 몰라도 무조건 끝까지 읽었다. 다 읽고 나면 이상하게 뿌듯했다. 하나의 세계를 통과해낸 것 같아서, 내가 모르던 걸 알게 된 것 같아서, 내가 대단한 사람이라도 된 것 같아서 가슴이 벅차올랐다. 기껏 책 한 권 다 읽었을 뿐인데 말이다. 다 읽지 못한 책은 빌려 갔다. 대출자의 이름이 적혀 있지 않은 도서 대출카드의 맨 윗줄에 내 이름을 적는 게 뿌듯할 때도 많았다. 냉기가 도는 자취방에서 책을 마저 읽었다. 책을 다 읽고 나면 더 읽고 싶었다.

예전에는 무조건 더 많은 책을 읽고 싶어 했다. 더 많은 사람을 만나고 싶어 했고, 더 많은 경험을 하고 싶었다. 지금은 조금 달라졌다. 세상의 모든 책을 다 읽을 수 없다면, 세상의 모든 사람을 만날 수 없다면, 가까이 있는 것을 한 번 더 접하는 게 나을지도 모른다. 새로운 친구를 사귀는 것보다 익숙한 친구와 한 번 더 만나는 게 나을지 모른다. 익숙한 것을 새롭게 보는 방법을 조금씩 배워가고 있는 것 같다. 오에 겐자부로는 『읽는 인간』에 이렇게 적었다.

> 책 한 권을 처음 읽을 때, 우리는 언어의 라비린스labyrinth, 즉 미로를 헤매듯 독서하는 경우가 종종 있지요. 하지만 한 번 더 읽을 때는 방향성을 지닌 탐구('탐구'를 노스럽 프라이는 퀘스트quest라고 썼습니다)가 됩니다. 무언가를 찾아 나서서 그것을 손에 넣고자 하는 행위로 전환되지요. 그것이 rereading, 한 번 더 읽는 까닭입니다. 그걸 어떻게 하면 실용적으로 살릴 수 있는지, 특히 번역본의 경우를 예로 들어 제 방식을 이야기해보겠습니다. 저는 이렇게 합니다.
> 한 권의 번역본을 읽습니다. 그리고 그 책에서 정말로 좋다고 생각하는 부분, 혹은 이해가 잘 가지 않는 부분에 각각 빨강과 파랑, 두 종류의 색연필로 선을 긋거나, 약간 긴 구절이라면 선으로 상자를 만드는 것이 제 방법입니다. 선을 그을 연필의 색이 적어도 두 종류는 있어야 한다고 생각하는데, 한 색은 감탄한 부분, 매우 흥미로운 부분에 선을 긋는 긍정적인 행위를 위함입니다.

아울러 외우고 싶은 단어나 문장이 있다면, 특별히 선을 굵게 그
어두는 게 좋습니다.°

　뒷부분은 인용할 대목이 너무 길어서, 전문적이어서 생략했
다. 요약하자면 이렇다. 이해가 잘되지 않은 부분이나 번역이 이
상하다 싶은 부분에도 줄을 그어둔다. 원문과 비교해본다. 1년에
한 권이라도 이런 방법으로 책을 읽으면 명쾌한 성취감을 얻을 수
있다. 오에 겐자부로는 번역서를 원서와 함께 읽는 rereading을 제
안한 것이지만 군이 그러지 않아도 책을 다시 읽을 때의 감각은
무척 다르다. 오에 겐자부로의 말처럼 두 번째는 '방향'이 생기고
'의도'가 생긴다. 방향이 정확하면 보지 못했던 길이 보일 수도 있
다. 80세 보르헤스의 인터뷰를 담은 『보르헤스의 말』에도 비슷한
이야기가 나온다.

　나는 인생이, 세계가 악몽이라고 생각해요. 거기에서 탈출할 수
　없고 그저 꿈만 꾸는 거죠. 우리는 구원에 이를 수 없어요. 구원
　은 우리에게서 차단되어 있지요. 그럼에도 나는 최선을 다할 겁
　니다. 나의 구원은 글을 쓰는 데 있다고, 꽤나 가망 없는 방식이
　지만 글쓰기에 열중하는 것이라고 생각하면서 말이에요. 계속해
　서 꿈을 꾸고, 글을 쓰고, 그 글들을 아버지가 나에게 해주셨던
　충고와 달리 무모하게 출판하는 일 말고 내가 할 수 있는 게 뭐가
　있겠어요? 그게 내 운명인 걸요. 내 운명은 모든 것이, 모든 경험

○
오에 겐자부로, 『읽는 인간』, 정수윤 옮김,
위즈덤하우스, 2015, p.38

이 아름다움을 빚어낼 목적으로 나에게 주어진 것이라고 생각하는 거예요. 나는 실패했고, 실패할 것을 알지만, 그것이 내 삶을 정당화할 유일한 행위니까요. 끊임없이 경험하고 행복하고 슬퍼하고 당황하고 어리둥절하는 수밖에요. 나는 늘 이런저런 일들에 어리둥절해하고, 그러고 나서는 그 경험으로부터 시를 지으려고 노력한답니다. 많은 경험 가운데 가장 행복한 것은 책을 읽는 것이에요. 아, 책 읽기보다 훨씬 더 좋은 게 있어요. 읽은 책을 다시 읽는 것인데, 이미 읽었기 때문에 더 깊이 들어갈 수 있고, 더 풍요롭게 읽을 수 있답니다. 나는 새 책을 적게 읽고, 읽은 책을 다시 읽는 건 더 많이 하라는 조언을 해주고 싶군요.°

더 많이 아는 건 누군가와의 대화에 도움이 된다. 자랑할 수 있고, 뽐낼 수 있다. 한 번 더 알게 되는 건 자신과의 대화에 도움이 된다. 한 번 더 알게 되는 순간, 모르는 게 더 많아질 수 있다. 지식을 자랑할 수 없게 된다. 책을 읽다 보면 머리에 지식이 가득 차는 듯한 희열을 맛볼 때가 있는데, 그때가 가장 위험한 순간일지도 모른다.

나는 책을 읽으면서 점점 더 모르는 상태가 지속되길 바란다. 여전히 잘되지 않지만, 책에서 읽은 것들을 세상에서 써먹고 싶어 좀이 쑤시지만, 내가 아는 게 진짜 알고 있는 것인지 스스로에게 한 번 더 물어보려고 노력한다. 두 번 읽으면서 계속 물어보려고 한다.

°
호르헤 루이스 보르헤스·윌리스 반스톤,
『보르헤스의 말』, 서창렬 옮김, 마음산책,
2015, p.152~153

붙잡아두면 ————————————

생각은 썩어버린다 ————————

인간은 평생 몇 가지의 생각을 머릿속에 떠올릴까. 나의 첫 번째 생각은 어떤 것이었을까. 왜 어떤 생각들은 나타났다 금세 사라지고, 어떤 생각들은 오랫동안 머물러 있을까. 가장 오랫동안 하고 있는 생각은 무엇일까(죽음에 대한 것이겠지). 가장 하고 싶지 않은 생각은 무엇일까(이것도 어쩌면 죽음?). 생각을 눈으로 볼 수 있다면 어떤 모습일까. 그건 어쩌면 꼬리처럼 생겼을지도 모르겠다. 삶이 그려내는 궤적의 꼬리에는 여러 가지 생각이 덕지덕지 붙어 있을 것이다. 더 이상 깊어지지 않은 생각들은 몸에서 떨어져나가고, 새로운 생각들이 몸에 들러붙는다. 생각은 피부 같은 것이고, 각질 같은 것이다.

펜을 처음으로 손에 쥔 날부터 지금까지 나는 늘 메모하고 있다. 생각을 적고 있다. 펜이 생각을 끌어내기도 한다. 일기를 꾸준히 써본 적은 없지만, 언제나 메모는 했다. 어렸을 때도 그 점은 확실했다. 일기를 쓸 만큼 부지런하지 않았다. 매일의 기록에 비한다면, 생각은 파편일 뿐이다. 파편이어서 좋다. 수십 년 동안 매일의 일을 적는다 해도 삶의 법칙을 발견할 수는 없을 것이다. 나는 암호를 만들어 일기장에다 적었다. 어릴 때 그랬다. 그 암호를 지금은 해독할 수 없다.

메모를 시작하면 언제나 난감해진다. 머릿속에 가득 들어 있던 생각을 하나씩 끄집어내고 있으면 "어차피 이따위 글로는 생각을 옮겨 적을 수 없지"라는 깨달음에 부딪힌다. 메모의 시작은 창대하지만 끝은 언제나 미미해지고, 흐지부지 매듭이 만들어진다. 메모란 처음부터 미완성을 전제하고 쓰는 글이어서 더욱더 미미해지는 것인지도 모르겠다. 시간이 지날수록 메모는 간단해진다. 문장이 단어로 바뀌고, 조사가 화살표로 변한다. 메모는 씨앗을 심는 일이다. 메모로 적은 생각에 매일 물을 주지 않으면 곧 말라버린다.

잠들기 전 머리맡에 메모지를 두었다. 꿈에서 생겨난 생각을 받아 적기 위해서였다. 살바도르 달리와는 달리 내 꿈에서는 특별한 일이 일어나지 않았다. 꿈을 기억조차 못하는 날이 더 많았다. 꿈의 일은 꿈에게 맡기고, 메모지를 치웠다. 처음에는 메모지가 없으니 불안했다. 어떤 생각이 들었을 때 펜의 올가미로 생각을 낚아채지 못하면 어쩌나. 금방 날아가버리면 어쩌나. 시간이 갈수록 생각을 대하는 생각이 바뀌었다. 사라질 생각은 어차피 사라질 운명일 것이다. 반드시 살아남아야 할 생각은 어떤 방식으로든 살아남을 것이다. 그렇게 생각하자 생각이 더 많이 날아들었다. 올가미가 없고, 함정이 없다는 걸 알게 된 생각들이 무리를 지어 날아들었고, 생각의 수는 점점 많아졌다. 오는 생각 막지 않고, 가는 생각 막지 않았다.

반드시 기억해야 할 생각들을 포스트잇에 적어 모니터 옆에 붙여두기도 했다. 형광 포스트잇은 눈에 잘 들어온다. 그러나 눈은 그 어떤 것에도 금세 익숙해진다. 거기에 포스트잇이 붙어 있다는 사실을 잊게 된다. 분명히 거기에 붙어 있는 걸 알지만 보지 않고서는 내용이 기억나지 않는다. 생각은 포스트잇에 붙잡아둘 수 없다. 붙잡아두면 생각은 썩어버린다. 붙여두기만 해서는 생각이 자라지 않는다. 오히려 현실의 포스트잇을 떼어버리고 머릿속의 어딘가에 포스트잇을 붙이는 게 나을 수도 있다.

생각하는 대신 스크랩을 한다. 자료를 무조건 모아둔다. 웹서핑을 하다 호기심을 자극하는 페이지를 보면, 일단 스크랩해둔다. 에버노트의 가장 편리한 점이 스크랩 기능이다. 사진도, 마음에 드는 문장도, 기사도 모아둔다. 생각은 하지 않는다. 그저 모아둘 뿐이다. 어느 날 어떤 글을 써야 할 때가 되면 그제야 모아두었던 스크랩을 뒤진다. 그때부터 생각이 시작된다. 거대한 자석을 들고 온 동네를 헤집으며 고철을 수집하는 마법사처럼, 생각의 파편을 천천히 끌어모은다. 메모를 할 때의 나보다는 메모를 판단할 때의 내가 더 믿음직스럽다. 메모는 취한 채로도 한다. 잠이 덜 깬 상태에서도 한다. 울면서도 한다. 시간이 흐르고 그 메모를 어떻게 이용해야 할지 내가 다시 판단한다.

나의 마지막 생각은 어떤 것일까. 선택할 수 있다면 어떤 생각에서 멈추고 싶을까. 태어날 때는 아무런 생각 없이 시작했지만 (도마뱀의 뇌 같은 상태였으니, 어떤 생각이 있긴 있었겠지) 죽을 때는 어떤 생각을 가질 수 있다. 무인도에 가게 될 때 골라야 하는 책이나 시디처럼, 죽을 때 가져갈 수 있는 생각을 고를 수 있다. 어떤 생각이 좋을지 오랫동안 생각해봐야겠다. 어쩌면 아무런 생각이 없는 게 가장 편리할지도 모르겠다.

3. 실전 글쓰기

첫 문장 쓰기 _____

공공 화장실에서 이런 문장과 마주쳤다. '실패한 고통보다 최선을 다하지 못했음을 깨닫는 것이 몇 배 더 고통스럽다.' 당혹스럽기 짝이 없는 문장이다. 어떤 위인이 한 말인지는 적혀 있지도 않고(이런 말은 대체로 위인들이 하는 법이다), 어떤 목적으로 적어놓은 것인지 저의도 의심스럽다. 굳이 저런 말을 화장실 소변기 앞에 적어놓은 이유는 '소변을 소변기에 적중시키지 못하는 것은 어쩔 수 없는 일이겠지만, 한 발짝 앞으로 다가서서 소변기에 명중시키고야 말겠다는 최선의 마음을 먹지 않는 것은 너의 커다란 문제점이다'라는 말을 하고 싶었던 것일까. 여러모로 모호한 문장이고, 뜯어보면 뜯어볼수록 고개를 갸웃거리게 하는 문장이다.

'최선을 다했다'라는 말은 도무지 내 입에 맞지 않는다. 어떤 일을 마치고 나서 "최선을 다했어요"라고 말하는 건 아무래도 어색하다. 흔히 쓰는 어법이고 많은 사람들이 쓰는 숙어 같은 것이지만, 나는 그 말을 떠올릴 때마다 스스로에게 질문을 던지게 된다. "진짜? 진짜 최선을 다했다고? 모든 방법들 중에 그게 최선이었다고? 그것보다 더 잘할 수 없었다고? 그냥 더 시도해보기 힘들고 귀찮으니까 여기서 그만두려고 그런 말 하는 건 아니고? 최선인 게 확실해?" 이런 질문들이 자동적으로 떠오른다(아, 나는 참 귀찮은 녀석이다). 비슷한 의미로 내가 애용하는 말이 있다. "하는 데까지 해봤어요." 비슷한 의미 같지만 어감은 확실히 다르다. '하는 데까지 해봤어요'라고 말하는 순간, 나의 능력 부족을 인정하는 것 같아서 좋다. '다른 사람이었으면 훨씬 더 잘했을 테지만

나로서는 여기까지가 한계'라고 '자진 납세'하는 것 같아서 좋다. 루저스럽기 짝이 없는 말투여서 마음에 든다.

글을 쓰면서 한 번도 최선을 다해본 적이 없는 것 같다. 쓰는 데까지 쓸 뿐, 최선을 다해 쓸 수는 없었다. 최선을 다해 글을 쓴 다는 것은 상상하기도 어렵다. 달리기라면 최선을 다할 수 있다. 도저히 힘을 더 낼 수 없을 때까지 달리면 된다. 죽기 직전까지 달 리면 된다. 하지만 글쓰기에서는 최선을 다할 수 없다. 최선을 다 하려면, 한 문장 한 문장의 의미를 곰곰이 생각해야 하고, 단어와 단어의 배열, 문장과 문장의 리듬, 흐름, 효과 등을 꼼꼼하게 계산 해야 한다. 생각하고 또 생각하고 지칠 때까지 생각해야 한다. 다 음 문장을 쓸 수 없을 때까지 생각해야 하는데, 그러면 하루에 한 문장만 겨우 쓸 수 있을 것이다.

문제는 다음 날이 되면 전날 쓴 문장이 최선의 문장처럼 보이 지 않을 수도 있다는 것이다. 최선의 문장과 이어질 문장도 최선 이어야 하고, 최선의 문장과 이어진 최선의 문장 다음에 올 문장 도 최선이어야 한다. 원고지 5장 정도의 짧은 글을 쓸 때, 수많은 단어의 조합으로 만들어낼 수 있는 경우의 수는 무수히 많다. 수 많은 글이 쓰일 가능성이 있지만 그중에서 딱 하나의 글만 완성 된다. 이런 경우의 수를 생각한다면, 과연 최선이라는 게 가능한 것인지 모르겠다. 나는 아무래도 최선의 선(善)이라는 글자가 마 음에 들지 않는 것 같다. '가장 좋고 훌륭한 걸 고른다'거나 '온 정 성과 힘을 기울여서 한다'는 세계관에 삐딱한 마음이 생기는 모양이다.

영원히 죽지 않는 원숭이를 잡아서 타자기 앞에 앉혀두었을 때 언젠가는 『햄릿』을 쓸 수 있는 가능성이 있다고, 통계학자들은 말한다. 통계학적으로 그렇단 말이다. 내가 『햄릿』을 쓸 수 있는 가능성은 훨씬 높다. 오랜 시간 최선을 다하면 쓸 수 있겠지만, 나는 최선을 다할 수 없다. 왜냐하면, 『햄릿』을 쓰는 게 글쓰기의 목적이 아니고, 나는 셰익스피어가 아닌 데다, 인터넷도 해야 하고, 드라마도 봐야 하기 때문이다. 글을 쓴다는 것은 아무것도 아닌 데서 뭔가를 만들어내는 것이다. 우주같이 막막한 흰 종이, 혹은 흰 모니터에다 글자 하나를 찍어야 한다. 글을 쓰기 위해 최선을 다하라고? 어떻게? 난 이미 글렀다. 날 버리고 먼저 진격하세요.

최선을 다할 수 없으므로, 모든 글쓰기의 첫 문장은 대충 쓰는 게 좋다. 어차피 우리는 최선의 문장을 쓸 수 없다. 아무리 노력해도 좋은 문장을 쓸 수 없다면 아무 문장이나 쓰면 된다. 그래도 좀 나은 문장이 있지 않겠냐고? 별로 그런 것 같지는 않다. 위악적으로 하는 말이 아니다. 최선을 다해 열심히 골라봤자 실패할 수밖에 없는 게 첫 문장이다. 에세이를 쓰든 논문을 쓰든 블로그 글을 쓰든 소설을 쓰든 시를 쓰든 첫 문장은 그렇게 대충 쓰는 게 좋다. 대신, 종이에 쓰면 안 된다. 생각만으로 쓰는 거다. 아무 문장이나 생각으로, 내 눈앞의 하얀 화이트보드에, 가상의 모니터 화면에 그 문장을 쓴다. 그리고 그 문장을 가만히 들여다본다. 문장은 잘 보이지 않는다. 문자로 쓰여 있지 않으므로, 옷을 입지 않은 투명

인간 같은 모습이므로, 잘 보이지 않는다. 문장은 보였다가 보이지 않았다가 한다. 가상의 모니터에 쓰인 첫 문장을 한참 들여다보면, 문득 그게 첫 문장감이 아니란 걸 깨닫게 된다. 그건 67번째 문장이거나 82번째 문장에 어울린다는 걸 깨닫게 된다. 그 문장을 지우고(아니면 아래로 내리고, 혹은 문장 저장소에 넣어두고) 첫 문장을 다시 쓴다. 이번에도 대충 쓴다. 그리고 다시 그 문장을 들여다본다. 그렇게 여러 개의 문장을 첫 문장으로 써보면, 어느 순간 더 이상 바꿀 수 없는 첫 문장이 나타난다. 그 문장이 최선을 다한 문장이어서가 아니라 '하는 데까지 해본 문장'이라서 그렇다. 더 이상 눈앞에서 사라지지 않는 첫 문장을 종이 위에 적는다. 문자를 입은 첫 문장은 그럴싸해 보인다. 제법 첫 문장 같다.

첫 문장이 전체 이야기의 처음일 필요는 없다. 때로는 이야기의 한가운데로 불쑥 끼어 들어가서 첫 문장을 쓸 수도 있고, 때로는 이야기의 마지막에다 첫 문장을 넣을 수도 있다. 첫 문장이 어디에 들어가냐에 따라 전체 이야기와 전체 문장의 결이 달라지게 될 것이다. 독일 작가 토마스 브루시히는 소설의 첫 문장에 대해 이렇게 적었다.

"첫 문장과 함께 돌은 굴러가기 시작한다. 첫 문장은 약속이요 방향 물질이자, 수수께끼이며 번갯불이다. 한마디로 뒤이어 나오는 전채 수프 요리의 맛을 결정짓는 각지게 썰어 놓는 재료이다."

소설뿐 아니라 다른 글도 마찬가지일 것이다. 토마스 브루시

히의 표현 중에 마음에 드는 게 두 가지 있다. 첫 문장과 함께 돌은 굴러가기 시작한다. 정확한 표현이다. 첫 문장은 수수께끼이다. 조금 첨언하자면, 첫 문장은 '스스로에게 내는' 수수께끼이다. 두 번째 문장부터 마지막 문장까지는 이 수수께끼를 푸는 과정일 수밖에 없다.

지금까지 많은 첫 문장을 썼지만 여전히 첫 문장을 쓰는 건 힘들다. 첫 문장을 대신 써주는 사람이 있으면 좋겠다는 생각이 들 정도다. 글을 한참 쓰다가 첫 문장이 바뀌는 경우도 허다하다. 쓰다 보면, 첫 문장이 제대로 된 역할을 못 할 때가 많다. 수수께끼여야 하는데 알고 보니 선언이었다든지, 수수께끼여야 하는데 다시 보니 해답 풀이였다든지 할 때가 있다. 그럴 때면 처음으로 돌아가서 다시 써야 한다. '공공 화장실에서 이런 문장과 마주쳤다'는 괜찮은 첫 문장일까. 적어도 수수께끼이긴 하다.

글을 쓴다는 것은 ───────

시작과 끝을 경험하는 것이다 ──

첫 문장은 글 쓰는 사람의 말하는 방식과 비슷할 수밖에 없다. 어떤 사람은 매번 두괄식으로 말한다. 어떤 사람은 미괄식을 선호한다. 글보다는 술자리에서의 대화 방식을 예로 드는 게 더 와닿을 것 같다. "나 어제 죽을 뻔했잖아"라고 말을 꺼내는 사람은 두괄식 문장을 자주 쓸 게 분명하다. 사람들은 귀를 쫑긋 세우고 죽음에서 살아남은 이야기를 듣기 시작할 것이다. "어제 아침부터 기분이 좀 이상하더라고"라고 말하는 사람은 미괄식 문장에 익숙할 것이다. 사람들은 차분히 앉아서 어제 무슨 일이 있었는지 듣기 시작하겠지. 일단 지르고 보는 두괄식은(이렇게 쓰고 보니, 사람 이름 같기도 하구나) 충격적인 스토리를 이어나가지 못할 경우, 혹은 처음의 이야기를 수습하지 못할 경우 외면을 당할 것이다. 이야기를 차분히 끌고 가는 미괄식은(두괄식 씨보다 좀 더 아름다운 외모일 것 같다) 어떻게든 끝까지 듣는 사람들을 끌고 가야 한다. 둘 다 힘들긴 마찬가지다.

첫 문장이 잘 써지지 않을 때면 다른 사람들이 쓴 첫 문장을 읽어볼 때가 많다. 책을 다 읽고 나서 첫 문장을 다시 들여다볼 때도 있다. '이 사람은 왜 여기에서 시작했을까.' '어째서 이런 식으로 얘기를 꺼낸 것일까.' 처음에는 이해하기 힘들었던 첫 문장의 방식을 나중에 이해할 때도 있다.

이것은 빠른 속도로 죽어가고 있는 어느 별 위에서 외롭고 깡마르고 꽤 늙은 백인 두 사람이 만나는 이야기이다.

이 문장은 내가 좋아하는 작가 커트 보니것의 『챔피언들의 아침 식사』의 (서문을 제외한) 첫 문장이다. 실제로는 저런 이야기가 아니지만 무언가 대단한 이야기를 시작하려는 듯한 분위기여서, 첫 문장을 사랑할 수밖에 없다.

로베르토 볼라뇨의 『칠레의 밤』 역시 비슷한 종류의 첫 문장이다.

나는 지금 죽어 가고 있건만 아직도 하고픈 말이 너무도 많다.

여행 작가 빌 브라이슨의 『빌 브라이슨 발칙한 유럽 산책』의 시작은 의외로 서정적이고(물론 곧바로 투덜거림이 시작되지만),

한겨울에 육로를 통해 함메르페스트에서 오슬로로 가려면 서른 시간이나 걸린다.

과학 저널계의 '빌 브라이슨'이라 불리는 메리 로치는 그의 책 『인체재활용』을 이렇게 잔인하게 웃기면서 시작한다.

사람 머리는 바비큐용 닭과 크기나 무게가 비슷하다.

아폴로 우주 계획에 참여했던 우주 비행사들의 인터뷰집인 『문더스트』의 첫 문장은 이 책의 주제를 모두 담아놓은 것이며,

온 세상과 어떤 순간을 공유했을 때, 어디까지가 자신의 기억이고 어디서부터 다른 이들의 기억인지를 명확하게 구분하기란 쉽지 않다.

칼 세이건의 『코스모스』 첫 문장은, 그냥 코스모스다.

코스모스COSMOS는 과거에도 있었고, 현재에도 있으며 미래에도 있을 그 모든 것이다.

모든 첫 문장은 근사하다. 왜냐하면 끝을 보았기 때문이다. 끝이 없는 첫 문장은 출판되지 못한 첫 문장이고, 출판된 모든 첫 문장은 끝이 있기 때문에 근사할 수밖에 없다. 출판된 첫 문장은 아무것도 모르는 첫 문장이 아니라 마지막까지 다녀온 다음에 처음 자리에 서 있는 문장이다.

인간은 미래를 예측할 수 있다. 과거를 기억하고, 과거를 통해 미래에 닥칠 일을 예상하는 것이다. 미래를 예상하는 일은 '배외측 전전두피질'에서 진행되는데, 유쾌한 결과가 예상되면 신경핵과 시상하부에 있는 '쾌락중추'가 활성화되고, 실망스러운 결과가 예상되면 안와전두피질에서 위험신호를 방출한다고 한다. 『마음의 미래』를 쓴 물리학자 미치오 가쿠에 따르면 '좋은 결과와 나쁜 결과가 모두 예상되면 두뇌의 각기 다른 부위에서 상반된 신호를 방출하여 총체적인 혼란에 빠지게' 되고 우리는 이런 상황을 '갈등'이라고 표현한다는 것이다. 내가 나인 것을 아는 이유는, '나의 과거를 통해 내가 등장하는 미래를 지속적으로 시뮬레이션할 수 있기 때문'이다.

글을 쓴다는 것은 시작과 끝을 경험하는 일이다. 글의 시작이 어떠해야 할지 생각하고, 글의 끝까지 달려가본 다음, 다시 처음으로 돌아와 글을 마무리하게 된다. 글쓰기 경험은 삶의 경험과 본질적으로 다르지 않다. 우리는 글을 쓰면서 내가 어떤 나인지 알 수 있고, 내가 중요하게 생각하는 건 무엇인지, 내가 무의식적으로 피하고 싶은 것은 어떤 것인지 알 수 있다.

글을 쓰면서 무아지경에 빠질 때가 있다. 전문적으로 글을 쓰는 사람뿐 아니라 글을 많이 써보지 않은 사람도 그럴 때가 있을 것이다. 슈퍼히어로가 등장하는 영화를 보면서 몸에 힘이 들어가는 이유는, 그 속으로 심각하게 몰입하기 때문이고(어린 시절 성룡 주연의 쿵푸 영화를 보고 나올 때면 언제나 온몸이 뻐근했다) 슬픈 소설을 읽으면서 펑펑 우는 이유 역시 이야기 속에 빠져들기 때문이다. 글을 쓸 때도 비슷한 몰입이 일어난다. 평소에는 생각하지 못했던 문제들에 대해서 판단해야 하고, 결정을 내려야 한다. 미래를 계속 시뮬레이션하고 갈등 상황을 해결해야 한다. 글을 계속 쓰다 보면 상상의 근육이 붙게 되는 것도 그런 이유 때문이다. 상상이나 몽상은 '허무맹랑한 꿈꾸기'가 아니라 지속적으로 뇌의 근육을 강화하는 것이고, 내가 어떤 나인지 끊임없이 물어보는 일이다. 첫 문장에서 그 모든 것이 시작된다.

솔직하고 정직한 글은

무조건 좋은가

수많은 글쓰기 책에서 강조하는 것이 솔직함과 정직함이다. 솔직과 정직만큼 모호한 표현이 없다. 솔직하고 정직한 글이란 어떤 것인가. 내 생각에 '문자 그대로' 가장 솔직하고 정직한 글은 각종 포털의 '댓글들'이다. 그보다 더 솔직한 글은 본 적이 없다. 보면서 깜짝 놀랄 때가 한두 번이 아니다. 마음속 깊숙이 은밀하게 감춰둘 만한 내용의 감정을 송두리째 끄집어낸다. 누군가를 향한 시기와 질투, (성적인 것을 포함한 다양한) 욕망, 존경, 비아냥이 거침없이 펼쳐진다. 한때는 포털의 댓글을 읽는 것이 재미난 놀이였다. 누군가의 기사나 칼럼을 읽으면서 댓글로 달릴 만한 글을 예상해보는 놀이였다. 놀이는 금방 시들해졌다. 익숙해지니 모든 댓글을 예상할 수 있었다. 포털을 떠나서 각종 커뮤니티의 게시판을 놀이터로 정했다. 커뮤니티 게시판의 댓글은 포털의 댓글보다 솔직함은 덜하지만 사려 깊거나 전문적인 글이 더 많았다. 요즘도 어떤 사안이 생기면 곧장 찾아가보는 게시판이 몇 군데 있다.

솔직하고 정직한 글은 무조건 좋은가. 솔직하고 정직하다면, 모든 것을 용서할 수 있는가. 2014년 4월 16일, 오전 8시 48분경 세월호가 침몰했다. 세월호 침몰 사고 소식을 들은 모든 사람들의 반응은 제각각 달랐을 것이다. 인간은 단순하지만 또한 복합적이므로 여러 가지 감정이 동시에 일어났을 것이다. 그 지역과 관련이 있는 A씨는, 자신이 아는 사람들의 근황을 먼저 확인했을 것이고, 안전을 확인한 후에는 '다행'이라는 생각을 했을 수도 있다. B씨는 '여전히 대한민국은 안전 불감증이 심각한 나라로군!' 이라는 한마디의 품평을 마친 후 급하게 처리해야 할 자신의 일로 돌아갔을 수도 있다. 사망자와 실종자가 늘어날수록 처음에 품었던 감정은 바뀌어갔을 것이다. C씨는 텔레비전으로 방송되는 구조 장면을 지켜보면서, 점점 늘어나는 사망자와 실종자 수를 보면서 절망하며 울음을 터뜨렸을 수도 있다. 차가운 물속에서 죽어간 사람들과 육지에서 그 사람들을 기다리며 비통하게 울음을 터뜨리는 사람들과 함께 울었을 것이다.

A씨가 솔직하게 글을 쓴다고 생각해보자.

세월호에 내가 아는 사람은 타고 있지 않았다. 다행스러운 일이다.

과연 이렇게 쓸 수 있을까. 이것이 최초의 감정이고 솔직한 마음이라고 해도 이렇게 글을 쓸 수는 없다. 최초의 감정에 이어 여러 가지 다른 마음이 생겨났을 것이기 때문이다. 최초의 감정이 '이기적인 마음'이라는 것을 곧 알게 될 것이기 때문이다. 세월호에 내가 알고 있는 사람은 없지만, 누군가 알고 있는 사람이 타고 있었으므로 그 사람의 마음을 미루어 짐작해보게 될 것이다. 아들을, 딸을, 친구를, 동료를 그 속에 남겨둔 사람들의 마음을 헤아리게 될 것이다. 창문이 열리지 않는 물속에서 구조를 기다렸던 사람의 표정을 언뜻 보게 될 것이고, 그 사람들의 목소리가 환청처럼 들리기 때문일 것이다. 그런 과정을 다 거치고 나면, 우리가 누군가의 마음에 공감하고 나면, 완전하게 솔직한 문장을 쓸 수는 없게 된다. '솔직하다'라는 의미 역시 달라지고 만다. 글을 쓴다는 것은 '최초의 감정'을 표현하는 것이 아니라 '정리된 마음'을 이야기하는 것이다. 포털의 댓글들이 금방 재미없어지는 이유는 거기에 어떤 '정리'와 '공감'도 없기 때문이다.

SNS를 하지 않는 가장 큰 이유는 원고료가 없기 때문이지만 (처음엔 농담처럼 시작한 말인데 계속 하다 보니 진짜 이유인 것 같기도 하다) 지나치게 솔직한 내 마음이 드러날 것 같아서이기도 하다. A씨의 솔직한 마음까지는 아니더라도 어떤 일을 맞닥뜨렸을 때 내게도 '지나치게 솔직한 마음'이 자주 일어난다. 욕을 하고 싶거나 비아냥거리고 싶어질 때가 자주 있다. SNS가 없어서 그나마 참고 있는 것이다. 모든 사람에게 SNS가 불필요하다는 이야기는 아니다. 글을 쓰는 사람으로서, 글을 써서 자신의 생각을 전달하고 글을 써서 생계를 유지하는 사람으로서 글에 대한 기준이 점점 엄격해지기 때문일 것이다.

글을 쓰기 위해서는 언제나 두 가지 마음을 동시에 품어야 한다. 끊임없이 자신을 분리시키고 싸우게 만들고 대화하게 만들고 중재해야 한다. 글쓰기의 시작은 두 개의 마음이 존재한다는 사실을 확인하고 인정하는 것에서 비롯된다. 문장이 한 사람의 목소리로 적어가는 것이라면, 문단은 두 개의 마음이 함께 써내려가는 것이다.

수전 손택과 인터뷰를 했던 조너선 콧은 그녀를 이렇게 평했다.

내가 인터뷰를 해본 거의 모든 사람과 달랐던 점은 수전이 문장이 아니라 정연하고 여유로운 문단으로 말했다는 사실이다.°

수전 손택은 훌륭한 작가이기도 하지만 뛰어난 인터뷰이이기도 하다. 그녀는 글을 쓰듯이 말했고, 말을 하듯이 글을 썼다. 수전 손택은 문장의 아름다움보다는 논리적인 아름다움을 선택했고, 깔끔한 말보다는 계속 조정되고 조율되는 말투를 사용했다고 한다. 생각해보니, 내가 SNS를 사용하지 않는 또 하나의 이유가 바로 '문단을 나눌 수 없기 때문'이다.

○
수전 손택·조너선 콧, 『수전 손택의 말』,
김선형 옮김, 마음산책, 2015, p.17

문장이 아니라 —————————

문단이 중요하다 —————————

사람들 앞에서 문학에 대해 이야기하는 것은 무척 쑥스러운 일이다. 특히 내가 쓴 소설에 대해서 말할 때는 낯 뜨겁고 겸연쩍고 송구스럽다. 소설의 의미와 주제에 대해서 물어보면, "아, 그거 그냥 별 의미 없이 쓴 거예요"라고 말하고 싶어서 입이 간질간질하다. 예의 없는 답변인 걸 알지만 실제로 가끔 그렇게 말하기도 한다. 그런 대답을 들었던 분에게는 미안하다. 그렇게 말하면 안되는 거다. 세상에 별 의미 없는 게 어디 있나. 내가 의미 없이 썼다고 생각해도 쓸 때는 '어떤 생각'을 했을 거다. 그 생각을 기억하지 못할 뿐이다. "아, 그거 쓸 때는 뭔가 많은 생각을 했던 것 같은데, 지금은 잘 기억나지 않아요. 통과하고 나서는 다 잊어버렸어요"가 내가 하고 싶은 정확한 답변이다.

내 소설에 대해 이야기하는데도 무척 즐거운 자리가 하나 있다. 한국문학번역원에서 내 소설을 텍스트 삼아 번역 공부를 하고 있는 학생들을 직접 만나는 자리인데, 초청을 받으면 무조건 간다. 처음에는 망설였는데, 이제는 재미있다는 걸 알기 때문에 무조건 간다. 번역원 학생들과 함께 소설의 주제에 대한 이야기는 거의 하지 않는다. 대체로 소소하고 사소한 질문들이다. "작품 속에는 칼이라고만 적혀 있는데 식칼인가요, 아니면 커터 같은 건가요?"라든가 "슈퍼마켓과 건물은 몇 미터 떨어져 있나요?" 같은 질문을 받으면 깜짝 놀라게 되고, 웃음이 나면서 즐거워진다. "소설 속에 나오는 시계는 구체적인 모델이 있나요?" "혹시 그려둔 시계가 있나요?" 이런 질문을 받으면 그동안 쌓아두었던 자료

를 뒤지면서 답을 하게 된다. 등골이 서늘해지는 질문도 많다. 소
설을 쓰면서 미처 생각하지 못했던 세부사항에 대해 물어볼 때면
식은땀이 난다. 그 자리에서 생각해봐야 한다. 소설을 쓸 때 모든
상황을 완벽하게 설정하는 것은 아니다. 때로는 빈구석이 생길
수밖에 없는데, 번역자들은 기가 막히게 그런 부분들을 찾아낸
다. 번역을 하다 보면 그런 부분이 잘 보이는 모양이다.

　가장 최근에는 단편소설 「뱀들이 있어」라는 작품에 대해 영
어권 번역 학생들과 이야기를 주고받았는데, 역시 무척 재미있는
자리였다. 「뱀들이 있어」는 지진에 대한 소설인데, 지진으로 남편
을 잃은 주인공이 혼잣말처럼 기도를 하는 대목이 있다. 약간 넋
이 나간 듯한 여자의 중얼거림을 쓰고 싶었다. 거대한 자연의 힘
앞에서 어쩔 줄 몰라 하는, 그러다 결국 신의 이름을 부르게 되는
여자의 목소리를 쓰고 싶었다.

　　"그래, 다 빼앗아 가, 번개로 내려치고, 갈기고, 남은 거 더 없어?
　　더 흔들어봐, 내가 끄떡이라도 하나 봐, 보라고, 내가 전부 다 복
　　수할 거야, 응, 그래, 더 밀어보라고, 더, 더…… 오, 주여, 뜻대로
　　하시고, 채찍으로 제 몸을 때려주시옵고…… 오, 주여."○

　이 부분에 대한 질문은 전혀 엉뚱한 것이었다.
　"혹시 이 부분을 쓰실 때 다른 뉘앙스를 염두에 두신 건 아닌
가요?"

○
「뱀들이 있어」, 『가짜 팔로 하는 포옹』,
문학동네, 2015, p.146

나는 질문에 좀 어리둥절했다.

"다른 뉘앙스라면 어떤?"

"약간 이상한 질문인 건 아는데요. 혹시나 해서요. 번역하다 보면 여러 가지 뉘앙스를 전부 알아두는 게 좋을 때도 있어서요. 성적인 의미 같은 건 전혀 없는 거죠?"

"성적인 의미요?"

"네."

"그런 건 전혀 없었던 것 같은데……."

무슨 이야기인가 싶어서 그 부분을 다시 보았다. 짧은 영어 실력으로 번역해보았다. "흔들어……, 밀어보라고……, 뜻대로, 채찍으로, 때려주……, 오, 주여……" 같은 대목을 영어로 바꾸어보다가 나는 주책맞게 큰 웃음을 터뜨리고 말았다. 다른 학생들도 모두 웃고 있었다. 그렇게 읽으니, 엄청나게 야한 소설이었다. 세상에, 나도 이렇게 야한 소설을 쓸 수 있었다. '오, 주여'를 'Lord'가 아닌 'Jesus'나 'Oh my god'으로 번역하는 게 좋을 것 같다고 농담을 했다.

기억에 남는 질문이 하나 더 있다. 주인공 정민철이 지진이 일어난 고향으로 내려가는 장면이었다.

기차와 버스를 갈아타면 고향까지 세 시간 정도 걸리지만 교통 상황이 어떨지는 확인할 수 없었다. 일단 가보는 수밖에 없었다.
① 정민철은 기차를 타고 가는 내내 휴대전화로 인터넷 속보를

확인했다. ② 밤이 깊어지자 속보의 속도는 느려졌고, 새로운 정보의 양도 눈에 띄게 줄어들었다. 매몰된 건물의 인명 구조 작업이 늦어지고 있다는 기사가 눈에 띄었다. ③ 정민철이 기억하는 할머니의 이야기 중에는 기차에 대한 것도 있었다. 방학 때마다 기차를 타고 오는 손자에게 그런 이야기를 해주었다는 게 믿기지 않지만, 분명 할머니에게서 들은 이야기였다.

"터널을 지날 때 절대 창밖을 보면 안 돼."

"왜?" °

소설 속의 문단 나누는 방식이 좀 이상하다는 질문이었다. '늦어지고 있다는 기사가 눈에 띄었다'와 '정민철이 기억하는……' 사이에서, 즉 ③에서 문단을 나눠주어야 하지 않으냐는 거였다. 앞쪽은 주인공이 휴대전화를 통해 지진과 관련된 속보를 확인하는 내용이고, 뒤쪽은 할머니에 대한 생각을 떠올리는 내용이니, 문단을 나누어 구분해주는 것이 낫지 않으냐는 거였다. 듣고 보니 일리가 있는 지적이었다. 분명 두 개의 문장 사이에서 생각이 바뀌었고, 새로운 이야기가 시작된다. 앞쪽의 내용과 뒤쪽의 내용이 다를 경우, 장면이 전환될 때, 혹은 시간이 경과했을 때 문단을 나누게 된다.

어디서 문단을 나눌지는 글을 쓰는 사람의 호흡에 달려 있다. 위의 예문에서는 ①에서 문단을 나눌 수도 있고, ②에서 문단을 나눌 수도 있다. ①에서 문단을 나눴을 때는 장면이 바뀌었다는

°
같은 책, p.142~143

게 강조된다. ②에서 문단을 나눴을 때는 시간의 흐름이 강조된다. 나는 어째서 어디에서도 문단을 나누지 않고 곧바로 대화로 넘어간 것일까.

이 소설을 쓸 때로 되돌아가서 생각해보면, 나는 주인공이 기차역에 가서 표를 끊고, 기차에 올라타고, 휴대전화로 인터넷 속보를 확인하고, 그러다가 멍하니 창문 밖을 내다보기도 하고, 고향으로 간다는 상념에 젖기도 하는 모든 행동을 하나의 커다란 덩어리로 생각했던 것 같다. 시간이 흐르고 장면이 바뀌고 여러 가지 생각이 뒤죽박죽으로 떠올랐지만 이 모든 장면들이 하나의 문단 속에 있어야 한다고 생각했다. 마치 화면을 16배속으로 돌렸을 때처럼 그 모든 행동들이 하나의 리듬으로 보이길 바랐던 것 같다. 그래야만 "터널을 지날 때 절대 창밖을 보면 안 돼"라는 할머니의 음성이 과거에서 불쑥 나타나 주인공의 생각을 사로잡을 수 있었다.

문단을 어디서 나누는가는 작가의 호흡이자 편집의 리듬이다. 문단에 대해서는 스티븐 킹의 말을 곱씹어볼 만하다.

나는 문장이 아니라 문단이야말로 글쓰기의 기본 단위라고—거기서부터 의미의 일관성이 시작되고 낱말들이 비로소 단순한 낱말의 수준을 넘어서게 된다고—주장하고 싶다. 글이 생명을 갖기 시작하는 순간이 있다면 문단의 단계가 바로 그것이다. 문단이라는 것은 대단히 놀랍고 융통성이 많은 도구이다. 때로는 낱

말 하나로 끝날 수도 있고, 또 때로는 몇 페이지에 걸쳐 길게 이어질 수도 있다. 글을 잘 쓰려면 문단을 잘 이용하는 방법을 배워야 한다. 그러려면 많은 연습이 필요하다. 장단을 익혀야 하기 때문이다.°

아름다운 소설인 W. G. 제발트의 『이민자들』은 첫 문단이 7페이지에 걸쳐 이어진다. 『이민자들』은 풍경의 묘사를 위해 문단을 나누지 않은 것 같다. 7페이지에 달하는 첫 번째 문단을 읽고 나면(제발트에겐 미안한 비유지만) 파노라마 기능으로 찍은 아이폰의 사진을 보는 것 같다. 풍경은 끊임없고 시야는 사방으로 퍼져나간다. 이야기가 끝없이 이어질 것 같은 로베르토 볼라뇨의 소설 『칠레의 밤』은 문단이 어디서 나뉘었는지를 찾기 힘들다. 문단이 나뉘어 있지 않으니 이야기의 허리를 찾을 수 없다. 한번 시작된 이야기는 끝날 때까지 이어질 수밖에 없다.

문단을 보고, 우리는 이야기의 덩어리를 미리 가늠해볼 수 있다. 제발트와 볼라뇨를 읽으려면 우리는 미리 각오를 해야 한다. 그 안에 들어가면 쉽게 빠져나올 수 없으므로 책을 읽기 전에 준비운동을 해야 한다. 반면에 무라카미 하루키의 소설들은 대충만 훑어보아도 이야기의 덩어리가 손에 잡힌다. 문단은 균일하게 나뉘어 있고, 문단과 문단 사이의 시간 차도 비슷하다. 누구나 쉽게 읽을 수 있고, 빨리 읽을 수 있다. 하나의 문단이 마음에 들지 않으면 다음 문단으로 건너뛰어도 큰 무리가 없다. 건너뛰어도 놓

°
스티븐 킹, 『유혹하는 글쓰기』, 김진준 옮김,
김영사, 2002, p. 164

치는 정보는 많지 않다. 세상에는 작가의 수만큼 문단을 나누는 다양한 방식이 존재한다.

조금 과장해서 말하자면, 문단은 세계관의 반영이기도 하다. 세계를 어떻게 표현하고 싶어하는가가 문단의 길이와 리듬에서 드러난다. 문단은 영화의 테이크(take)와도 비슷하다. 앨프리드 히치콕 감독의 영화 「로프」(1948)는 같은 시간 함께 있는 사람들 사이에서 어떤 사건이 벌어지는지를 찍기 위해 하나의 테이크처럼 촬영을 했다. 알레한드로 곤살레스 이냐리투의 영화 「버드맨」(2014)은 사건과 사건이 기다란 실처럼 이어져 결국 파국으로 향하는 모습을 묘사하기 위해 롱테이크를 선택했다. 영화든 문학이든 짧은 글쓰기이든 논문이든, 문단은 그 사람이 편집하고 싶은 세계의 단위다. 단어와 문장의 배열은 누구나 쉽게 배울 수 있지만, 문단을 나누기 위해서는 오랜 시간의 고민이 필요하다. 세상은 말처럼 쉽게 나눌 수 있는 게 아니고, 간단하게 나눠지지 않는다.

글을 쓸 때면 언제나 문단을 살피게 된다. 아무리 좋아 보이는 문장이라도 문단의 흐름과 맞지 않으면 과감하게 지워야 한다. 단어와 단어의 흐름보다는, 문장과 문장의 조응보다는, 문단과 문단의 리듬이 더욱 중요하다. 식상한 비유가 머릿속에 떠올랐을 때 새로운 비유를 찾기 위해 한 번 더 세계를 바라보듯, 문단과 문단을 구분 지을 때 새로운 리듬을 찾아내기 위해 글을 다시 바라본다.

자신만의 문단 나누는 법을 익히기 위해서는 어떤 연습이 필요할까. 나는 무조건 많이 나눠봐야 한다고 믿는다. 책을 읽을 때는 이야기의 문단을 나눠본다. 어떤 작가의 문단은 지나치게 길어서 지루하게 느껴질 것이다. 어떤 작가의 문단은 너무 짧아서 겉멋 든 아포리즘처럼 보일 것이다. 영화를 볼 때도 마찬가지다. 어떤 영화는 감정의 문단을 툭 자른 다음 별다른 설명 없이 다음 장면으로 넘어간다. 어떤 영화는 이미 설명이 끝난 감정에 대해 끊임없이 부연한다. 그런 식으로 다른 사람의 리듬을 계속 들여다보면 자신에게 어울리는 문단의 길이를 알아낼 수 있다.

———————————— 스타일은
———————— 어떻게 만들어지나

'스타일'은 모호한 단어다. 어려운 단어이기도 하다. 실생활에서 스타일이라는 단어를 종종 사용할 때가 있는데, 입 밖으로 꺼내는 순간 후회할 때가 많다. 어울리는 듯 어색하다. 언제 어디서나 쓸 수 있는 만만하고 성격 좋은 단어 같지만 막상 문장 속에 써놓고 보면 어디에도 잘 어울리지 못하는 '외톨이' 같다. 아니, 외톨이보다는 어울리는 친구가 너무 많아서 진짜 친구는 한 명도 없는 속 빈 강정 같은 친구에 가까울 것 같다.

친구와 함께 가구점에 들러 "야, 넌 어떤 스타일 좋아해?"라는 질문을 꺼냈을 때 "아, 나는 스웨덴 스타일 좋아해"라는 대답을 들으면 대체 어떤 생각을 해야 할까. "자, 그럼 본격적으로 이야기해볼까? 스웨덴 스타일이라는 건, 스웨덴이라는 나라의 지리적 특성과 디자인적 특성과 사회 구성원의 특성 중 어떤 것을 가리키는 것인지 우선 밝히고, 스타일이라는 단어가 지닌 여러 가지 의미인 모양, 형식, 양식, 방식 중 어떤 것인지 얘기해야 할 것이야 (아, 벌써 친구 떨어져나가는 소리가 들린다)."

길 가다가 어떤 여자를 본 친구가 "야, 저 여자, 정말 내 스타일이다"라는 얘기를 한다면 "그래? 저 여자의 스타일이라는 건 옷 입는 방식을 말하는 거야, 아니면 네가 이상적으로 생각하는 몸의 형태라는 거야, 아니면 몸을 움직이며 걸어가는 특정한 동작을 말하는 거야? 그것도 아니면 대체 네가 말하는 스타일이란……" 하고 따지고 들면 (여자는 저 멀리 멀어져가고) 친구끼리 멱살 잡고 싸우고 있을 수밖에 없다.

스타일이라는 단어에 대해서, 우리는 공통으로 합의한 대략적인 의미가 있다. 단어나 문장으로 설명할 수 없지만 대략 눈으로 구분할 수 있다. '아, 이런 걸 스타일의 차이라고 말하는구나' 납득하게 된다. 정확하지는 않다. 정확할 수 없다. 두 스타일의 차이를 설명하라고 한다면 난감해진다. 스타일은 이성의 영역이 아니고 감각의 영역이기 때문이다. 스타일이라는 단어를 사전에서 찾아보면 이런 의미도 있다.

'문학 작품에서, 작가의 개성을 드러낼 수 있는 형식이나 구성의 특질.'

작가의 스타일이란 무엇일까. 어떻게 만들어지는 것이며 어떤 방법으로 알아낼 수 있는 것일까. 특정 단어를 자주 사용하는 빈도로 만들어지는 것일까, 문장의 어순을 바꾸면서 생겨나는 것일까, 아니면 그런 걸 몰라도 열심히 읽다 보면 '아, 이건 그냥 딱 보면 알지, 도스토예프스키 스타일이잖아!' 이런 감식안이 생기는 것일까.

레이먼드 챈들러는 『나는 어떻게 글을 쓰게 되었나』에서 이렇게 말했다. 조금 길지만, 인용해보자면

장기적으로 보자면 글쓰기에서 가장 오래 남는 것은 스타일이고, 스타일은 작가가 시간을 들여 할 수 있는 가장 가치 있는 투자입니다. 스타일에 대한 투자는, 성과는 느리고, 에이전트의 비웃음과 출판사의 오해를 살 겁니다. 그러다 서서히 당신이 들어

본 적도 없는 사람들에게 확신을 주겠죠. 글을 쓰면서 자신의 흔적을 남기는 작가는 항상 성공할 거라는. 노력한다고 되지는 않아요. 내가 생각하는 스타일이란 개성을 반영한 것이고, 개성을 반영하려면 먼저 개성이 있어야만 하니까요. 하지만 개성이 있다 해도 종이에 개성을 반영하려면 다른 무언가를 생각해 내야만 합니다. 어찌 보면 얄궂은 일이죠. 그런 점이 아무리 '만들어진 작가들'의 시대라 해도 내가 여전히 작가를 만들 수는 없다고 말하는 이유입니다. 스타일에 집착한다고 해서 스타일을 만들어 낼 수는 없어요. 아무리 많이 편집을 하고 퇴고를 해도, 한 인간이 글을 쓰는 방식이 지닌 그 특색에 뚜렷한 영향을 끼칠 수는 없는 겁니다.°

고개를 끄덕이며 듣게 되지만, 어느 순간 레이먼드 챈들러 씨의 멱살을 붙잡고 "아니, 그래서 스타일을 위해서 노력하란 말이오, 아니면 아무리 노력해도 될 사람만 된단 말이오?" 소리를 지르고 싶어진다. 챈들러에게 반대하고 싶은 구절이 많지만 어쩔 수 없이 동의하게 되는 구절은 '스타일의 기본은 글 쓰는 사람의 개성'이라는 말이다. 개성 있는 사람이 아니면, 개성 있는 글을 쓸 수 없다. 정확한 말이다. 개성 있는 사람은 어떤 사람일까?

실은, 누구에게나 개성이 있다. 개성이란 다른 사람과 구별되는 고유한 특성이다. 인간은 모두 다르게 태어났고, 지금도 다르게 살고 있으며, 앞으로도 다르게 살아갈 것이다. 작가 폴 오스터

°
레이먼드 챈들러, 『나는 어떻게 글을 쓰게
되었나』, 안현주 엮고 옮김, 북스피어, 2014,
p.35~36

는 숫자들의 특징에 대해 이런 글을 쓴 적이 있다.

나는 평생 동안 숫자를 다루어 왔는데 얼마쯤 시간이 지나면 하나하나의 숫자에 그 자체의 개성이 있다는 느낌을 갖기 시작합니다. 예를 들자면 12는 13과 아주 다르지요. 12는 올바르고 양심적이고 지성적인 숫자인 반면 13은 외톨이, 자기가 원하는 것을 얻기 위해서라면 두 번 다시 생각하지 않고 법률을 어길 음험한 인물 같은 숫자지요. 11은 터프한 숫자, 숲을 헤치며 돌아다니고 산을 타기 좋아하는 야외 생활을 즐기는 남자 같은 숫자이고, 10은 오히려 우직하게 지시받은 일을 항상 해내는 온화한 인물 같은 숫자, 그리고 9는 신비한 명상에 잠긴 부처 같은 숫자지요. (중략) 숫자에는 영혼이 있고 우리는 어쩔 수 없이 개인적인 방식으로 그 숫자들과 관련을 맺게 된다고 말입니다.°

숫자들처럼 우리 모두에게는 각자의 존재 방식이 있을 것이다. 자신만의 글쓰기 스타일을 원한다면, 밖을 내다볼 것이 아니라 안을 들여다봐야 한다. 어떤 식으로 생각하는지, 어떤 식으로 말하는지, 어떤 식으로 반대하는지, 어떤 식으로 결론에 이르는지를 들여다봐야 한다. 스타일은 밖에서 얻어와 내 몸에 붙이는 것이 아니라, 안에서 발견해 깎아나가는 것이라고, 나는 믿는다.

○
폴 오스터, 『우연의 음악』, 황보석 옮김,
열린책들, 2000, p.121

나만의 ――――――――――――――

스타일 만들기 ―――――――――――

1. 대화 상상하기

내가 쓴 소설 「종이 위의 욕조」에 등장하는 대목이다. 두 사람을 떠올려보자. 한 사람은 큐레이터고, 한 사람은 화가다. 화가와 큐레이터는 전시회를 앞두고 있다. 두 사람은 아주 잘 아는 사이는 아니지만, 서로에게 친밀함을 느끼고 있다. 예의 바르게 행동하지만 가끔은 말꼬리를 붙잡기도 하는 사이다. 노란색으로 칠한 부분이 화가 미요의 대사이고, 색이 없는 부분은 큐레이터 용철의 대사이다.

이제 뭐해요?

기다려야죠.

전시 오픈하려면 두 시간이나 남았잖아요.

기자들 몇 명 더 올 거예요.

인터뷰 또 하라고?

미요씨가 할 일이 그거잖아요.

내가 얘기하면서도 무슨 말 하는지 모르겠어요.

아까 잘하던데요?

잘하긴 뭘 잘해요. 뭔가 있어 보이려고 아무 얘기나 막 하는 거지. 큐레이터님이 대신 인터뷰 해줘요.

내가 하면 너무 번드르르해서 별로예요.

말을 너무 잘해서?

사람들이 날더러 사기꾼 같대요.

하하, 그러고 보니, 좀 그런 느낌이 들긴 하네.

말이 심하시네.

나 오늘 그걸 안 가지고 와서 그래요.

뭘 안 가져와요?

그걸 뭐라 그러지. 인터뷰 하면 무슨 이야기 해야지, 써놓은 게
있어요.

핸드폰에 썼어요?

아니요. 그거 뭐라 그러지, 노트가 아니고……

다이어리?

아뇨. 더 작은 거. 손바닥만한 거.

메모패드?

아뇨.

몰스킨?

몰스킨은 상표잖아요.

아…… 수첩?

맞다, 수첩. 수첩을 안 가져왔어요.

수첩이란 말이 생각이 안 났어요?

자주 그래요.

저도 자주 그래요.

그래요?

혼자 병명도 지었어요.

뭐요?

명사 분실증.

그러고 보니……

그렇죠?

명사만 잃어버리네요.

원래 그런 거래요.

뭐가 원래 그래요?

명사부터 잃어버리고 다음엔 형용사와 동사를 잊어버리고……

정전될 때처럼 완전 깜깜해지죠?

맞아요.

하나씩, 결국 다 잃는 거래요?

안 그런 사람도 있겠죠.

그럼 저는 분실증 초기 환자인 거네요. 다행이다.

위로가 되죠?

무척.

언제부터 그랬어요?

모르겠어요. 언제부터 그랬는지도 기억 안 나요.

힘든 시기를 통과한 뒤에 그럴 수 있대요.

통과한 뒤에요?

통과하고 나서는 잊어버리고 싶고, 지워버리고 싶어서.

난…… 지금 통과중인 거 같은데요.

통과중에도 그럴 수 있겠죠.

현재를 지워버리고 싶어서요?

그렇겠죠.

그건 아닐 거예요. 지금을 지워버리고 싶진 않아요.

요새 힘든 일 있어요?

힘들 만한 일이 있긴 하죠.

오늘은 좋은 날이니까 좋은 일만 생각해요. 주인공이잖아요.

바보 같은 소리 마요.

뭐가요?

좋은 일만 생각하는 날이 어디 있어요. 내가 어린애인 줄 알아
요?

그런 얘기가 아니라……

네, 알아요. 알겠어요.

슬슬 손님 맞을 준비 해볼까요?

얼마 전에 친구가 죽었어요.

네?

제일 친했던 친구요. 유서는 없었어요.

사고로?

아뇨, 자살일 거예요.

유서가 없다면서요.

유서는 생략한 거죠. 원래 별로 말이 없던 애였어요.

갑자기 그런 거예요?

갑자기 뭐요?

갑자기 죽었냐고요.

저한테는 갑자기죠. 걔는 어떨지 몰라도.

마지막 인사 같은 것도 없었어요?

걔 가방이 제 방에 있어요.

두고 갔어요?

일부러 그랬는지도 몰라요. 찾으러 올 것처럼 두고 가더니, 안 왔
어요. 아직까지 가방을 열어보지도 못했어요.

왜요?

못 열어보겠어요.

뭔가 들어 있을 것 같아서요?

모르겠어요.

아니면 아무것도 없을 것 같아서?

그럴지도.

어떤 심정인지 알 것 같아요.

알겠어요?

네, 알겠어요.

바보, 알긴 뭘 알아요. 손님 맞을 준비나 해요.°

　　탁구의 랠리를 보는 것처럼 두 사람의 대화가 소설의 구조가
되도록 썼다. 미요와 용철의 대사를 쓰고 있는데 갑자기 두 사람
이 내 앞에 등장했다. 소설을 쓰다 보면 가끔 그렇게 신비한 순간
이 닥친다. 가상의 인물을 만든 다음 그 사람이 어떤 말을 할지 상

°
「종이 위의 욕조」, 『가짜 팔로 하는 포옹』,
문학동네, 2015, p.169~174

상하고 있는데, 그 사람이 갑자기 나타난다. 자신은 그렇게 말하지 않을 거라며 나에게 반기를 들기도 하고, 내가 생각하지도 않았던 방식으로 새로운 이야기를 꾸며내기도 한다. 위의 대화에서 "난…… 지금 통과중인 거 같은데요" 이후부터는 생각지 못한 방향으로 이야기가 흘러간 것이다. 난 두 사람의 이야기를 받아 적기만 했다.

나는 '대화를 상상하는 힘'이 개성을 만드는 시작점이라고 생각한다. 이건 소설을 쓸 때만 적용되는 말이 아니다. 모든 글쓰기에 적용되는 말이다. 대화를 상상한다는 것은 어떤 일에 대해 토론하는 것이고, 두 사람의 입장을 대변하는 것이고, 한쪽으로 기울지 않는다는 뜻이다. 대화를 상상하다 보면 점점 가상의 인물들이 늘어난다. 처음엔 두 사람의 목소리만 들리다가 어느 날 세 사람의 목소리가 들리기 시작한다. 그런 식으로 머릿속 가상의 인물이 점점 늘어난다.

글을 쓰려고 책상 앞에 앉기 전에 대화를 시작해야 한다. 영화 「매드 맥스: 분노의 도로」(2015)에 대한 리뷰를 쓰려고 한다면, 영화를 본 두 사람, 혹은 세 사람의 목소리를 떠올려보는 데서 출발할 수 있다. 내 머릿속 인물들은 이런 대화를 주고받았다.

톰 하디 멋있던데?
말수가 적어서 좋아하는 거 아냐?
말 많은 사람도 좋아해.

말이 많으면 쓸데없는 말도 늘어나니까.

그렇긴 하지.

하고 싶은 말만 정확하게 하고, 누군가를 해치는 액션이 아니라 누군가를 구해낼 줄 아는 액션은 멋있잖아.

난 남자들이 말을 좀 더 많이 해야 한다고 봐.

우디 앨런처럼?

거긴 너무 많고.

적절한 비율이 어느 정도인데?

이런 대화를 마음속으로 주고받다 보면, 리뷰 제목이 떠오르기 시작한다. '톰 하디, 조금만 더 말을 하지?'면 어떨까. 조금 장난스러울 수 있겠다. 제목만 들었을 때 글의 결론이 궁금하긴 하다. '톰 하디와 우디 앨런 사이'면 어떨까. 톰 하디와 우디 앨런 사이에 있는 남자 배우들을 거론해야 한다면, 예시가 너무 많이 필요할 수도 있겠다. '남자들이여, 할 말만 하자'는 제목은 어떨까. 예민한 문제를 건드리게 될 것 같은 제목이다. 제목을 먼저 짓고 나면 글의 소재가 한정적일 수도 있다. 첫 문장부터 시작하는 게 좋을 수도 있다. 이런 첫 문장이면 어떨까.

맥스(톰 하디)는 말을 아끼는 사람이다.

나쁘지 않은 것 같다. '말을 아낀다'는 표현을 쓰자마자 내 머릿속에는 두 가지 장면이 떠올랐다. 첫 번째로 떠오른 장면은 적들과 맞서 싸우기 위해 온몸을 내던지는, 액션을 위해 말을 아끼는 맥스의 모습이다. 그는 말하기 위해 입을 열어야 하는 최소한의 에너지도 아끼고 싶어서 어느 순간부터 에너지 근검절약주의자가 된 것이다. 두 번째 문장은 이렇게 이어질 것이다.

> 맥스(톰 하디)는 말을 아끼는 사람이다. 그는 아껴서 모은 언어들을 액션으로 환전한 다음, 적들을 물리치는 데 전 재산을 쏟아붓는다.

두 번째로 떠오른 장면은, 맥스가 자신의 자동차를 쓰다듬는 장면이다. 「매드 맥스」의 또 다른 주인공이 수많은 자동차들이라는 걸 생각했을 때, 게다가 영화 전체의 구조가 서부 영화를 떠올리게 한다는 점에서 자동차가 맥스의 말(馬)일 수도 있겠다는 생각이 들었다. 이런 연상을 하게 되면 두 번째 문장은 이렇게 이어질 것이다.

> 맥스(톰 하디)는 말을 아끼는 사람이다. 그에게 자동차는 황야를 내달리는 말이기도 하고, 자신의 뜻을 상대방에게 전달하는 말이기도 하다.

글은 이제부터 시작이다. 세 번째 문장은 어떻게 쓸까. 다시 머릿속으로 대화를 시작해야 한다. 대화는 끝없이 이어져야 하고, 살아남은 대화들만 글로 남게 될 것이다.

2. 머리, 가슴, 발

대화를 상상하는 힘이 자신만의 스타일을 만드는 시작점이라면, 리드미컬한 묘사는 스타일의 종착점이라 할 수 있다. 소설뿐 아니라 모든 글이 그렇다. 제임스 우드의『소설은 어떻게 작동하는가』에는 대화와 묘사에 관한 흥미로운 비교가 나온다.

V. S. 나이폴의 〈비스워즈씨를 위한 집〉은 '대화는 소설가가 독자들과 소통하는 가장 좋은 방법이다'라는 그린의 가정이 반드시 옳지만은 않다는 것을 우리에게 상기해준다. 아무런 대화 없이도 대화가 있을 때만큼의 소통이 이루어질 수 있다. 때는 크리스마스, 비스워즈씨는 끔찍하게 비싼 인형집을 딸에게 사주기로 충동적으로 결심한다. 그는 그것을 살 형편이 전혀 아니다. 그는 그 선물에 한달치의 급여를 날린다. 그것은 광기와 허세, 열망과 갈망과 굴욕의 에피쏘드다.

그는 자전거에서 내려서 보도의 연석에 자전거를 기대놓았다. 자전거 페달에서 발을 떼기 전에 그는 이빨을 자꾸 빼는, 눈꺼풀이 두꺼운 점원에 의해 말이 걸어졌다. 점원은 비스워즈씨에게 담배를 권하고 불을 붙여주었다. 말이 오고갔다. 그러고는 어깨에 점원의 팔을 두른 채로 비스워즈씨는 가게 안으로 사라졌다. 몇분 지나지 않아 비스워즈씨와 점원이 다시 나타났다. 그들은 둘 다 담배를 피우고 있었고 들떠 있었다. 들고 있는 커다란 인형집에 몸의 일부가 가려진 한 소년이 가게에서 나왔다. 인형집은 비스워즈씨의 자전거 핸들에 놓여졌고, 한쪽은 비스워즈씨가, 다른 쪽은 그 소년이 붙잡은 채 하이스트리트를 따라 밀려내려갔다.°

한마디의 대사도 나오지 않지만, 우리는 점원과 비스워즈 씨를 눈앞에 그릴 수 있다. 두 사람이 어떤 사람인지 알 것 같다. 두 사람이 서 있는 거리의 풍경도 눈에 그려낼 수 있다.

대화와 묘사의 가장 중요한 차이는 아마도 글을 쓰는 사람의 (영화 용어를 빌려서 설명하자면) '숏(shot)'에 있을 것이다. 대화하는 두 사람을 상상할 때의 숏이 '클로즈업 숏'이나 '바스트 숏'이라면, 묘사를 하기 위해서는 '풀 숏'이나 '롱 숏' 혹은 '익스트림 롱 숏'이 필요하다.

대화하는 목소리를 듣기 위해서는 인물에게 최대한 가까이 다가가야 한다. 그의 표정과 얼굴의 근육과 미간의 주름까지 읽을 수 있어야 목소리를 상상할 수 있다. 묘사를 위해서라면 오히려 인물에게서 떨어져야 한다. 멀리서 상황을 지켜봐야 한다. 자세히 관찰해야 한다. 나이폴의 소설에서처럼 등장인물에게서 멀리 떨어진 채 담배를 권하는 모습을, 함께 가게 안으로 사라지는 모습을 쓰기 위해서는 최대한 멀어진 채 큰 그림을 보아야 한다.

위 소설 중에 '말이 오고갔다'라는 문장이야말로 대화와 묘사

°
제임스 우드, 『소설은 어떻게 작동하는가』,
설준규·설연지 옮김, 창비, 2011,
p.222~223

의 차이를 선명하게 보여주는 대목이다. 어떤 말이 오고갔는지 정확한 대화는 들리지 않는다. 거리가 멀기 때문이다. 하지만 묘사만으로 그 대화를 상상할 수 있다. 가까이서 대화를 듣는 것보다 멀리 떨어져서 주변을 관찰하는 게 훨씬 더 많은 목소리를 듣는 방법일 수도 있다.

글쓰기의 리듬을 찾기 위해서는 대상과의 지속적인 거리 조절이 필요하다. 때론 가까이 다가가서 이야기를 듣고, 때론 멀리 떨어진 채 전체를 조망해야 한다. 대화만 지속되는 글은 너무 직접적이고 가까워서 어지럽고, 묘사로만 이뤄진 글은 너무 멀어서 쉽게 심심해진다. 영화에서 클로즈업 숏과 풀 숏을 교차시키며 편집하는 것처럼 글을 쓸 때에도 대화와 묘사를 잘 편집해야 리드미컬한 글을 쓸 수 있다. 자신이 좋아하는 글이 있다면, 한번 글을 쓴 사람과 대상의 거리를 줄자로 재어볼 수 있을 것이다. 어떤 식으로 가까이 다가서는지, 또 어떤 때에 뒤로 물러서는지, 확인할 수 있을 것이다.

대사와 묘사의 교차보다 더 중요한 게 있다. 글쓰기의 화법이다. 신영복 선생의 이야기를 하나 인용하겠다. 『담론』에 나오는 글이다.

> 공부의 시작은 머리에서 가슴으로 가는 것입니다. (중략) 우리가 일생 동안 하는 여행 중에서 가장 먼 여행은 '머리에서 가슴까지의 여행'이라고 합니다. 이것은 낡은 생각을 깨뜨리는 것입니다.

오래된 인식틀을 바꾸는 탈문맥입니다. (중략) 우리는 생각이 머리에서 이루어진다고 믿습니다. 전두엽의 변연계에서 형성되는 이미지를 생각이라고 한다면 그렇습니다. 그러나 생각은 잊지 못하는 마음입니다. 어머니가 떠나간 자녀를 잊지 못하는 마음이 생각입니다. 생각은 가슴이 합니다. 생각은 가슴으로 그것을 포용하는 것이며, 관점을 달리한다면 내가 거기에 참여하는 것입니다. 생각은 가슴 두근거리는 용기입니다. 공부는 머리에서 가슴으로 가는 애정과 공감입니다.

우리에게는 또 하나의 먼 여행이 남아 있습니다. '가슴에서 발까지의 여행'입니다. 발은 우리가 발 딛고 있는 삶의 현장을 뜻합니다. 애정과 공감을 우리의 삶 속에서 실현하는 것입니다.°

신영복 선생은 공부의 관점에서 머리와 가슴과 발을 인용했지만, 글쓰기에도 충분히 적용할 수 있는 내용이다. (몹시 거칠게 요약하자면) 하나의 문장을 마무리하는 세 가지 방법이 있을 것이다. 다음은 세 가지 형태의 마지막 문장이다.

① 대화를 상상하는 힘이야말로 글쓰기의 개성을 만드는 시작점이다.
② 글쓰기의 개성을 만드는 시작점은 대화를 상상하는 힘이라고 나는
   생각한다.
③ 대화를 상상하는 힘이야말로 글쓰기의 개성을 만드는 시작점이라는
   이야기를 들은 적이 있다.

○
신영복, 『담론』, 돌베개, 2015, p.19~20

①은 머리로 마무리한 글이다. 자신의 주장을 선명하게 드러냈고, 자신감도 넘쳐 보인다. ②는 가슴으로 마무리한 글이다. 머뭇거리는 것처럼 보이지만 그 머뭇거림 때문에 오히려 읽는 사람이 생각할 여지가 많아진다. ③은 발이나 귀로 마무리한 글이다. 자신의 것이 아님을 분명히 밝히고, 그 의견이 자신에게 어떤 영향을 미쳤는지, 그 의견에 동의하는지 아니면 반대하는지의 시작점이 될 수 있다. 좋은 글은 ①, ②, ③이 결합된 형태, 즉 머리와 가슴과 발이 함께 쓴 글일 확률이 높다. 나는 그렇게 생각하고, 그렇게 들은 적도 있다.

언제부터인가 마지막 퇴고를 할 때 문장의 마지막을 살펴보는 버릇이 생겼다. ①이 너무 많으면 거칠어 보이고, ②가 너무 많으면 소심해 보이고, ③이 너무 많으면 줏대 없어 보인다. ①, ②, ③이 잘 어우러질 수 있도록 문장을 다듬는 것이 내 퇴고의 마지막 과정이다. 누군가에게 들었거나 자신이 취재한 '이야기', 자신이 내세우고 싶은 '주장', 내 생각과 같지 않은 생각이 존재할 수 있다는 '여지'가 잘 어우러질 수 있도록 하는 것이다.

①로 가득 차 있는 훌륭한 글이 있을 수 있다. ②나 ③만을 이용한 훌륭한 글이 탄생할 수 있다. '클로즈업'이 가득한, 즉 대사만으로 가득한 훌륭한 글도 가능하며 '익스트림 롱 숏'인 묘사만으로 이뤄진 훌륭한 글도 가능하다. 그게 자신만의 스타일이 될 수도 있다.

스타일이란 ①, ②, ③ 중에 하나만을 집중해서 높이 쌓아 올리는 방식으로 만들어지는 것은 아니라고 생각한다. 스타일이 란 ①, ②, ③을 모두 최대치까지 쌓아 올린 다음 없애야 할 것들 을 없애는 방식으로 만들어지는 것이라고 생각한다. 세 가지 방 법 사이에서 어떻게 균형을 잡을 것인가. 그 균형 잡기야말로 글 쓰기의 방법이자 글쓰기의 윤리이고, 결국 글쓰기의 스타일이 될 것이다.

3. 하우 투

중국에서 열렸던 제3회 동아시아문학 포럼에 다녀왔다. '문 학 창작의 영감', '문학과 사회'가 포럼의 주제였기 때문에 이 책 을 쓰는 데 조금이라도 도움이 되지 않을까 싶어서, 매 순간 집중 하며 들었는데, 별다른 소득이 없었다. 중국의 대작가 모옌부터 가장 어린 김애란 작가에 이르기까지 모두 하나 마나 한 소리만 했다. '문학 창작의 영감'에 대한 비밀을 절대 발설하지 않겠다는 서약을 하고 모인 사람들처럼 두루뭉술한 이야기로 시간을 끌었 다. 생각해보니 나도 그랬다. '당신들이 비밀을 이야기해주지 않 는데, 내 패만 까서 보여줄 순 없지!'라는 마음은 조금도 없었는데 막상 이야기를 시작하고 보니 하나 마나 한 이야기밖에 할 게 없 었다.

하나 마나 한 이야기라는 건 순전히 나의 편견일 것이다. 글을 잘 쓰게 되는 굉장한 비법이 이 세상 어딘가에 존재할 것이라는 나의 착각에서 시작된 편견이고, 글쓰기의 어떤 비법이 존재한다면 분명히 말로 설명할 수 있을 것이라는 나의 무지에서 발전된 편견일 것이다. 착각과 무지를 인정하면서도 나는 도무지 가능성을 버릴 수 없다. 여전히 어디엔가 '창작의 어떤 비법'이 존재하며, '그 비법은 말로 설명될 수 있는 것'이라는 믿음이 내게는 있다. 그것이 대체 어떤 형태일지 감을 잡지 못할 뿐이다. "자자, 그 비법은 말이야, 2+3이야, 그것 봐, 곧바로 5가 나오잖아. 이 비법은 틀리는 법이 없다니까." 이런 식의 가르침은 아닐 것이다.

그렇다면 남전과 조주의 선문답 같은 형식일까.

조주 스님이 남전 스님에게 물었다.
"도란 어떤 것입니까?"
"평상시 마음이 도이다."
"그것을 향하여 나아가도 좋습니까?"
"헤아린즉 어그러진다."
"헤아리지 아니하고 어찌 도를 알겠습니까?"
"도는 안다든가 모른다든가 하는 것과 전혀 관계가 없다. 안다고 하는 것은 망각(妄覺)이고, 모른다고 하는 것은 무기(無記)이다. 만일 참으로 헤아림이 없는 도에 도달하면 마침내 허공과 같이 말끔하게 공한 것이다. 어찌 가히 무리하게 옳다 그르다 하겠느냐."
조주 스님은 언하(言下)에 깊은 뜻을 깨닫고 마음이 마치 밝은 달

과 같아졌다.°

누군가 이렇게 가르침을 주면 좋겠지만 막상 면전에서 이런 이야기를 들으면, '무슨 귀신 씨나락 까먹는 소리여'라며 귓등으로 반사시켜버리겠지. '도'라는 것을 '창작'으로 바꿔보자. 내 머릿속 두 선사가 대화를 주고받는다.

창작이란 어떤 것입니까.
— 창작하지 않는 평상심이 곧 창작이다.
창작하려고 평상심을 추구해도 좋습니까?
— 그러면 평상심이 없어지지. 바보.
그러면 어떻게 창작을 이뤄냅니까?
— 창작이라는 것은 알고 모르고와 아무런 관계가 없다. 아는 것은 어차피 네이버에 다 나오는 것이고, 모르는 것은 어차피 검색해도 나오지 않는다. 진짜 창작의 경지에 도달하면, 그냥 아무것도 하지 않아도 알아서 창작이 된다.
그렇다면 당장 창작을 때려치겠습니다.

아, 내 머릿속의 두 선사는 과격하기도 하다. 내 머릿속의 생각들이 두 선사의 대화와 다르지 않다. '어떻게 하면 좋을까'와 '어차피 알 수 없는 일'이라는 두 개의 마음이 매번 싸운다. 중국에서 만난 일본과 중국과 한국 작가들의 이야기 속에 어쩌면 답

°
활산성수 대종사 법문,「조주록」,
『저 건너 산을 보라』, 김성우 해설,
휴먼앤북스, 2006, p.73~74

이 있었을 것이다. 답이 있었지만 그 답을 못 알아챘을 것이다. 답은 답의 형태로 나타나지 않는 때가 많다. 나는 매번 답을 놓치고 또 다른 답을 찾아 헤매고 있는 것이다.

동아시아문학 포럼에서 일본 작가 에쿠니 가오리가 '영감'에 대해 이야기하다가 자신은 '하우 투(How To)'라는 말을 무척 싫어하며 '하우 투'라는 단어가 들어간 책도 마찬가지로 싫다고 했다. 그러면서 "싫어하는 게 많아서 죄송합니다"라고도 했다. 나는 자리에 앉아서 "괜찮습니다. 저도 '하우 투'를 무척 싫어합니다"라고 속으로 말했다. '하우 투'를 싫어하면서도 '창작의 비밀'이라는 부제를 단 책을 출간한다는 게 이상해 보일지 모르지만, 두 가지 마음이 함께 존재하는 게 가능하다고 생각한다. 가능할 뿐 아니라 두 가지 마음이 함께 있어야 한다고 생각한다. 창작의 비밀을 알아내려는 마음과 창작의 비밀 같은 건 없다고 생각하는 마음 사이의 에너지가 글을 쓰는 동력이 되는 게 아닌가 싶을 때가 많다.

글쓰기의 시작

1. 벽에 붙이기

공장을 취재해서 글을 쓴 적이 있는데 그때 내 눈을 가장 먼저 사로잡았던 것은 공장 벽에 붙어 있는 표어였다. 간단한 한두 줄의 문구가 공장의 분위기를 반영하고 있었다. '우리 상품 일등 상품, 알고 보니 품질 관리' 같은 표어를 매일 보고 있으면 어떤 기분이 들까. 읽을 때마다 '아, 그렇지, 품질 관리가 중요하지'라는 생각을 하게 될까. 몇 명에게 물어본 바에 의하면 직원들은 표어의 존재를 잊고 지낸다. 거기 그런 게 붙어 있었다는 걸 잊어먹고 지내는 때가 많다. 공장 외벽이나 작업장의 큰 벽에 붙어 있는 표어는 표어의 기능을 진작에 잃어버리고, 인테리어 역할을 하고 있을 뿐이다.

표어를 떼어버리는 게 좋을까? 그렇지는 않은 것 같다. 표어 속 문장의 의미는 일찍이 공장 사람들의 몸속에 깊이 박혔지만, 공장 사람들은 일하다 문득 표어의 의미를 소리 내어 발음할 때가 있다. 공장 직원 한 명이 실제 그런 말을 해준 적이 있다. "저렇게 붙여두면 지나가다 한 번씩 읽게 돼요. 의미를 생각하는 건 아니고, 그냥 읽게 돼요." 표어는 공장 직원들의 주문 같은 것일지도 모르겠다.

벽에다 무언가 붙이길 좋아하는 나 같은 사람이 공장장이 되지 않길 다행이다. 벽이 온갖 포스터와 표어로 도배됐을 것이다. 포스터와 표어를 담당하는 직원을 따로 뒀을지도 모른다. 오늘의 표어, 오늘의 포스터 같은 걸 붙이는 벽을 따로 뒀을지 모른다.

　미국 드라마 「왕좌의 게임」을 보다가도 비슷한 생각을 떠올렸다. 「왕좌의 게임」에는 수많은 가문이 등장하는데, 모든 가문은 자신들만의 '문장(紋章)'과 '가언(家言)'을 가지고 있다. 가언은 한 가문의 표어라고 할 수 있다. 예를 들면 이런 것들.

　스타크 가문 : 겨울이 오고 있다(Winter is Coming)

　바라테온 가문 : 분노는 우리의 것(Ours is The Fury)

　라니스터 가문 : 내 포효를 들어라(Hear My Roar)

　마르텔 가문 : 굽히지 않고, 꺾이지 않고, 부러지지 않는다(Unbowed,
　　　　　　　Unbent, Unbroken)

　그레이조이 가문 : 우리는 씨를 뿌리지 않는다(We Do Not Sow)

　이외에도 멋진 가언들이 무척 많다. 물론 가언의 의미를 정확하게 알기 위해서는 드라마를 자세히 봐야 하지만, 저런 가언 하나쯤 만들고 싶어진다. 가문의 삶과 지향을 정확히 알 수 있고, 많은 사람들이 한 줄의 문장을 공유하는 게 멋지게 느껴지기도 한다. 그레이조이 가문의 가언이 특별히 멋있어서 '쓸데없는 문장은 아예 쓰지 않는다' 같은 패러디 가언도 만들고 싶어진다.

　그렇지만, 많은 사람들을 하나의 문장으로 규정하려는 시도는 위험하다. '잘 살아보세'라는 간단한 문장이 얼마나 폭력적일 수 있는지 우리는 역사를 통해 배웠다. '대학 가서 미팅 할래, 공

장 가서 미싱 할래', '10분만 더 공부하면 마누라가 바뀐다' 같은
고등학교 교실의 급훈은 세상 그 어느 문장보다도 폭력적이다.
어떤 문장은 칼이나 총보다 폭력적이다.

나는 글을 쓴다는 것이 가언을 만드는 일과 표어를 찢어버리
는 일 사이에서 일어나는 일이라고 생각한다. 우리는 글을 통해
끊임없이 어떤 명제를 만들거나 정의를 내리고 싶어 한다. 자신
을 표현하기 위해 글을 쓰지만, 그 글로 자신이 온전하게 표현되
지 않는다는 것을 안다. 우리는 단언하듯 문장을 만들지만 그 문
장이 얼마나 불안정하며 바보 같은 것인지도 알고 있다. 바보 같
은 줄 알면서 계속 쓰고, 단언하지 않으려 하면서도 '하얀 눈 위의
구두 발자국' 같은 문장을 끊임없이 찍어낼 수밖에 없다. 우리는
그 속에서 흔들리며 글을 쓴다.

글을 쓸 때 작업실 책상 앞에 계속 뭔가 붙이게 되는 이유도
아마 흔들리는 자신을 붙잡고 싶기 때문일 것이다.

ENERGY
POWER

이 포스트잇은 왜 붙여뒀는지 모르겠다. 아마 힘이 없을 때 붙
여둔 내용이겠지.

> 벌거벗은 자신을 쓰라.
> 추방된 상태의, 피투성이인
> ─데니스 존슨

흠, 이것도 뭔가 마음이 불안할 때 적어둔 것 같고……. 한쪽에는 요즘 쓰고 있는 장편소설과 관련된 포스트잇이 스무 개쯤 붙어 있다. 한동안은 스티븐 킹의 이 말을 붙여두기도 했다.

> "지금 여러분의 책상을 한구석에 붙여놓고,
> 글을 쓰려고 그 자리에 앉을 때마다
> 책상을 방 한복판에 놓지 않은 이유를
> 상기하도록 하자. 인생은 예술을 위해
> 존재하는 것이 아니다. 오히려 그 반대이다."○

자신이 좋아하는 문구나 표어를 붙여두는 것은, 눈에 잘 보이는 곳에 자신의 다짐을 걸어두는 일이다. 그렇게 살고 싶다고, 그렇게 되고 싶다고, 그렇게 살아야 한다고 생각한 일을 못 박아두는 일이다. 그러나 다짐을 걸어두는 순간, 마음이 변하고 있다는 사실도 알아야 한다. 글은 생각과 마음의 역사를 정리하는 것이지만 생각과 마음은 쉽게 지치며, 쉽게 변질되고, 쉽게 증발한다. 갈수록 글쓰기가 힘들어진다.

○
스티븐 킹, 『유혹하는 글쓰기』, 김진준 옮김,
김영사, 2002, p.124

2. 밑줄 치기

어린 시절 나를 사로잡았던 두 개의 의문이 있었다. 첫 번째는 '예수님을 몰랐던 이순신 장군님은 천국에 들어갈 수가 없다'는 성경 선생님의 충격적인 이야기로부터 비롯된 것이었다. 이순신 장군은 예수님을 알 수가 없었는데, 그게 이순신 장군님의 잘못이 아닌데 어째서 천국에 갈 수 없는 것인가. 몇 날 며칠을 고민하고 여러 사람에게 묻고 또 물었다. 제대로 대답해준 사람은 없었던 것 같다. 성경 선생님의 그 말이 사실인지, 사실이라면 어떻게 그 심각한 고민의 질문을 풀 수 있었는지는 전혀 기억나지 않는다. 암울했던 고등학교 시절부터 '예수님은 사랑이시지만 천국 같은 걸 따로 만들어뒀을 리 없다'는 쪽으로 마음이 기울었으니, 그런 의문이 더 이상 자라날 수 없었을 것이다.

두 번째 의문은 (여전히 유치하지만) 좀 더 심도 깊은 것이었다. 고등학교 때부터 열심히 책을 읽었고, 대학에 들어가서는 도서관에 처박혀 소설책과 시집과 철학책에 묻혀 살았다. 도서관 책에 줄을 그을 수 없었기 때문에 독서 노트를 따로 만들었다. 노트의 양이 점점 불어났고, 처음에는 이해할 수 없는 책을 이해할 수 있게 됐다. 소설 읽는 재미를 알게 됐고, 나만의 작가를 발굴하는 재미에 독서는 날로 재미있어졌다.

그러던 어느 날, 평소 책을 많이 읽기로 소문난 선배와의 술자리에서 나는 보고야 말았다. 그 선배가 얼마나 아는 게 많은지, 얼마나 지식 자랑하는 걸 좋아하는지, 남의 이야기를 끊으며 이야기하는 걸 얼마나 좋아하는지, 다른 사람의 무식을 구박하며 이야기하는 걸 얼마나 좋아하는지, 모두 보고야 말았다. 아는 게 독이 된다는 것을 그때 처음 알게 됐다. 순진했던 나는 다음 날부터 책이 읽기 싫어졌다.

그 후로도 나는 지식에 발목 잡힌 사람을 여럿 보았다. 회사에서도 보았고, 우연히 갖게 된 술자리에서도 만났고, 온갖 장소에서 여러 번 자주 보았다(생각해보니, 남자들이 압도적으로 많았다. '맨스플레인'이라는 단어가 괜히 만들어진 게 아니다). 어쩌면 나도 그랬는지 모른다. 아마 그랬을 것이다. 내가 아는 이야기가 나오면 몹시 흥분하며 뭔가 자세히 설명하려 했을 것이다. 내가 갖고 있는 얄팍한 지식을 보여주려 노력했을 것이다. 지식을 자랑할 수 있는 자리에서의 유혹을 이기기는 쉽지 않다. 우리는 모두 얄팍한 존재들이니까, 아는 게 거기서 거기인 존재들이니까, 기회가 오면 아는 체해야만 한다. 그래야 살아남을 수 있으니까.

책을 읽을 때마다 매번 두 종류의 나를 만난다. 책에다 밑줄을 긋는 이유는 두 가지 중 하나다.

① 내가 생각지도 못했던 멋진 문장을 만났을 때
② 내가 원하는 문장을 찾았을 때

"내게 독서란 단순히 작가의 생각을 취하는 것이 아니라 그와 함께 온 세상을 여행하는 행위다"라고 했던 앙드레 지드의 말을 긍정하며 독서를 여행에 비유한다면, 한 번도 본 적 없는 신비로움을 느끼는 것은 ①의 경우일 것이고, 낯선 장소에서 익숙함을 발견하는 것은 ②의 경우일 것이다. 여행에서는 ①과 ② 모두 중요하다. ①로만 가득한 여행은 쉽게 지칠 수 있으며, ②로만 점철된 여행은 여행이라고 부르기도 민망한 방문일 것이다.

책을 읽을 때에도 두 가지가 곁들여져야 한다고 생각한다. ②의 문장들은 '내 생각이 잘못된 것은 아니'라는 안도감을 준다. 아, 이 사람도 이렇게 생각하고 있었구나, 나와 비슷한 생각을 하는 사람이 또 있었구나. 반면에 ①의 문장들은 우리의 생각을 넓혀준다. 절대 건너지 못할 것 같았던 냇가에서 징검돌 역할을 해준다.

어떤 경우에는 내가 ②의 문장들만을 찾기 위해서 책을 읽는 게 아닌가 싶을 때도 있다. ②의 문장만을 찾게 된다면, 독서는 쉽고 간편해진다. 새로운 걸 찾을 이유는 없다. 알고 있는 걸 확인하면 된다. 아니, 알고 있다고 생각했던 것들의 증거를 찾기만 하면 된다. 책을 읽는 것이 발목을 잡게 된다. 소설가 히라노 게이치로의 말을 되새겨보고 싶다. 『책을 읽는 방법』에서 그는 이렇게 썼다.

한 달에 책을 백 권 읽었다느니 천 권 읽었다느니 자랑하는 사람들은, 라면 가게에서 개최하는 빨리 먹기 대회에서 십오 분 동안 다섯 그릇을 먹었다고 자랑하는 사람들과 다를 바 없다. 속독가의 지식은 단순한 기름기에 불과하다. 그것은 아무 도움도 되지 않으며,

쓸데없이 머리 회전만 둔하게 하는 군살이다. 결코 피가 되고 살이 되는 지식이 아니다. 그보다는, 아주 소량을 먹었어도 자신이 진정으로 맛있다고 생각하는 요리의 맛을 감칠나게 말할 수 있는 사람이 미식가로 존경받을 것이다. 마찬가지로 책도 단 한 권, 단 한 구절이라도 제대로 음미하고 충분히 매력을 맛본 사람이, 독자로서 더 많은 지적인 영양을 얻을 수 있다.°

책의 울타리를 미리 쳐놓으면 다른 곳으로 넘어가기 힘들다. 많이 읽는다고 해서 언제나 더 많이 알게 되는 것은 아니다. 책을 단순히 많이 읽는 것은 오히려 자신의 한계를 좁히는 일이 될 수도 있다. 아는 것을 안다고 계속 반복하여 말하는 것은 자신의 한계에다 높은 장벽을 쌓는 일이 될 것이다.

글쓰기는 독서에서 시작된다. 어떤 책을 읽느냐에 따라 어떤 글을 쓸지가 결정된다. 어떤 책을 읽었는지도 중요하지만, 그 책을 어떻게 읽었는지도 중요하다. 아무리 새로운 책이라도 자신이 보고 싶은 것만 보려고 했다면, 그 책이 무슨 소용이 있을까. 발목을 붙잡는 책이 아니라 계단이 되는 책이어야 한다. 천천히 읽고, 낯설게 읽고, 자신의 경험에 비추어 읽고, 두 번 읽고, 이해하며 읽고, 오독하면서 한 번 더 읽고, 읽지 않은 책인 것처럼 한 번 더 읽고, 줄을 그어가며 읽어야 한다. 한 권의 새로운 책을 읽기 시작할 때 이 사실을 잊지 않으려고 한다.

°
히라노 게이치로, 『책을 읽는 방법』,
김효순 옮김, 문학동네, 2008, p.32~33

3. 글쓰기의 충고

글을 쓰는 사람이라면 누구에게나 글쓰기의 비법에 대해 말하고 싶은 욕구가 숨어 있는지도 모르겠다. 나 같은 17년 경력의 풋내기도 이런 글을 쓰고 있고, 수많은 작가들이 글쓰기의 비법에 대한 책을 썼다. 어떤 작가는 '이런 일을 하고, 이런 일은 하지 말라'고 강력하게 충고하기도 하고, 어떤 작가는 자신의 작업 방식을 설명하며 우회적으로 충고하기도 한다.

글쓰기의 비법에 대한 글이 이렇게 많다는 것은 모든 사람들이 긍정할 만한 글쓰기의 비법이란 존재하지 않는다는 말이기도 하다. 그렇다면 어떤 작가의 충고를 믿어야 할까.

글을 쓴다는 것은 야생으로 돌아가는 것이다.

마르그리트 뒤라스의 이 충고를 어떻게 받아들여야 할까. 이 말은 어떤 사람에겐 유익한 충고겠지만(내게는 그랬다) 어떤 사람에겐 독이 될 수도 있다. 글을 쓰는 사람들은 자신의 약점을 잘 안다. 내 글은 좀 더 야생으로 돌아갈 필요가 있기 때문에 이런 문장들을 좋아하는 것이다.

지루한 부분은 과감하게 지워라.

스티븐 킹의 이 충고는 적절해 보이지만, 모든 사람이 이 말을 따를 필요는 없다. 지루함을 느끼는 감각은 모든 사람들이 다를 수밖에 없으며, 어떤 작품은 무척 지루해 보이는 대목 때문에 더욱 빛이 나기도 한다. 솔직히 말하자면, 스티븐 킹의 작품을 읽다가 지루하다고 생각되는 부분도 무척 많았다. 스티븐 킹의 소설 중에서 지루한 부분을 과감하게 지웠다면, 『셀』은 두 권까지 갈 필요 없이 한 권이면 충분했겠지.

작가의 충고를 모두 끌어안는다고 해서 좋은 글을 쓴다는 보장은 없다. 좋은 글을 쓰기는커녕 상반된 주장들 때문에 방향을 잃어버리게 될지도 모른다. D. H. 로렌스는 "할 말이 없을 때는 침묵하라. 진정한 열정이 솟아오르거든 할 말을 모두 하라. 정열적으로 말하라"고 얘기했다. 피츠제럴드는 "무엇인가 말하고 싶기 때문에 글을 쓰는 것이 아니라 말할 것이 생겼기 때문에 쓴다"고 했다. 일리 있는 얘기처럼 들린다. 할 말이 있어서 책상 앞에 앉은 사람이라면, 얼마 지나지 않아 플래너리 오코너의 이 말을 떠올리게 될 것이다. "대부분의 사람들은 이야기가 무엇인지 잘 안다고 생각한다. 앉아서 직접 써보기 전까지는." 옆에 앉아 있던 레이먼드 챈들러가 이렇게 덧붙이는 것 같다. "좋은 이야기는 만들어낼 수 없습니다. 추출해야 하지요." 어쩌라는 얘기죠?

글이 잘 써지지 않는 이유에 대해서 E. B. 화이트는 이렇게 말했다.

"젊은 작가들에게, 짜증 나는 지연 과정 없이 잘 쓸 수 있는 방법에 관해 충고한다. 추상적인 인류 전체에 대해 쓰지 말고, 구체적인 한 사람에 대해 써라."

이 말은 전적으로 옳다. 다른 충고에는 조금의 이견이 있을 수 있겠지만, 이 말은 100퍼센트 믿어도 좋다. 소설에만 적용되는 이야기가 아니다. 구체적인 한 사람에 대해서 쓴다는 것은, 글쓰기의 가장 간단한 비법이자 가장 어려운 비법이기도 하다. 일단 가장 작은 것에서부터 시작하는 것, 가장 가까운 비유부터 시작하는 것, 가장 익숙하게 잘 알고 있는 것부터 비틀어보는 것이 글쓰기의 가장 쉬운 시작이다.

글을 쓰기 위해서는 가까운 곳에 있는 것들을 잘 기억해야 한다. 부모님, 어린 시절, 어린 시절에 살던 동네, 친구들, 좋아하는 물건들, 잃어버린 물건들, 길렀던 강아지, 그 모든 기억들을 보기 좋게 포장한 다음 창고에 넣어두어야 한다. 인류는 기억 저장을 위해 문자 언어를 개발했지만, 언어에 의존하다 보니 자연적 기억력은 점점 감퇴하게 됐다. 문자로 기록하지 않으면 세세한 내용은 기억하기 힘들게 됐다. 즐겁든 고통스럽든 일단 적어야 한다.

"당시에는 지긋지긋했지만 이제 그 기억은 내 마음이 뜯어먹기 좋아하는 좋은 풀밭이 되었다."

조지 오웰의 말이다. 생각해보면, 내 삶의 기억 속에도 좋은 풀밭이 몇 군데 있다. 그 풀밭의 풀들을 여러 번 뜯어 먹어도 파릇파릇한 새싹이 매번 힘차게 올라온다. 무라카미 하루키도 비슷한 말을 했다.

기억은 일종의 연료 역할을 하지요. 타오르면서 인간을 따뜻하게 해주거든요. 제 기억은 일종의 궤짝과 같아요. 그 궤짝에는 수없이 많은 서랍이 달려 있답니다. 어떤 서랍을 열면 고베에서 보낸 소년 시절의 광경이 떠올라요. 공기의 냄새도 맡을 수 있고, 땅도 만질 수 있고, 초록색 나무도 볼 수 있답니다. 그게 제가 책을 쓰고 싶어 하는 이유이지요.°

수많은 작가들의 글쓰기에 대한 충고를 한데 끌어모았을 때, 그 교집합이 최고의 비법일까. '열심히 쓴다', '꾸준히 쓴다' 정도만 교집합에 남아 있겠지. 충고 따위 무시하고 자기만의 방식으로 글을 쓰는 게 더 좋을 수도 있다. 해설을 보지 않고 문제집을 풀 때처럼, 작가들의 충고는 모두 잊고 혼자서 밤을 꼬박 지새우며 글을 쓰다 보면 저절로 작은 깨달음이 올 때가 있다. 자기만의 공식이 하나씩 생겨나고, 작가들의 충고가 무슨 말인지 몸으로 알게 되는 때가 온다. 그 사소한 깨달음이야말로 글쓰기의 가장 큰 재미 중 하나다.

°
파리 리뷰 인터뷰, 『작가란 무엇인가 1』,
김진아·권승혁 옮김, 다른, 2014, p.142

———————— 글쓰기는 위험하다

글을 쓰는 것은 위험한 일이다.

강조하고 싶은 문장이어서 한 줄을 떼어보았다. 밑줄 긋는 심정으로 '볼드'로 꾸며보았다. '글을 쓰는 것은 위험한 일이다'라는 한 줄의 문장만 오도카니 남아 있으니 외로워 보이기도 한다. 글을 쓰는 것은 위험한 일이기도 하고, 위험해서 외로운 일이기도 하다. 때로는 외로워서 위험한 일이다. 요즘 들어 그런 생각을 자주 한다.

글을 쓰다 보면 여러 가지 위험을 만나게 된다. 위험은 도처에 산재해 있다. 우선, 글을 쓰다 보면 시력이 나빠질 수 있다. 밤새도록 컴퓨터 게임에 빠져 살거나 종일 텔레비전을 시청하는 것보다야 심하지 않겠지만 어쨌거나 시력이 나빠질 가능성이 충분히 높다. 글을 쓰기 위해선 책을 많이 봐야 하고, 자료도 많이 봐야 하고, 텔레비전의 영향도 무시할 수 없으니, 그걸 다 챙겨 보다 보면 눈이 나빠질 가능성이 다분하다. 육체적인 시력뿐 아니라 마음의 시력도 나빠질 수 있다. 한 글자도 씌어 있지 않은 텅 빈 모니터를 오랫동안 바라보고 있을 때나 한참 동안 썼던 글을 딜리트(delete) 버튼으로 지워버릴 때, 마음의 눈이 뿌옇게 변하는 것을 느낀다. 마음속의 중요한 단락 하나가 삭제된 기분을 느낀다. 그런 일이 자주 반복되면 1.5였던 마음의 시력이 0점대로 떨어지게 된다.

글을 쓰다 보면 여러 가지 육체적인 질병이 동반될 수 있다. 가장 심각한 것은 '어깨 결림과 목 디스크'이다. 내가 아는 많은 사람들이 어깨 결림과 목 디스크로 고생하고 있다. 하지정맥류가 생길 수도 있고, 손목터널증후군으로 고생할 수도 있다. 나쁜 키보드를 쓰면 손가락 타박상을 입을 수도 있다. 글쓰기 때문에 스트레스를 받으면 탈모로 고생할 수도 있고, 좋은 생각이 떠오르지 않을 때 얼굴을 자주 만지는 버릇이 생기다 보면 피부가 나빠질 수도 있다. 어쨌거나 글쓰기는 몸에 좋지 않고, 위험한 일이다.

글을 쓰다 보면 소심한 사람으로 변할 수도 있다. 좋은 표현을 고르기 위해 애쓰고, 마음을 정확하게 표현하려다 보면 문장과 단어에 예민해질 수밖에 없다. 문법이 틀린 문장을 보면 고치고 싶어지고, 식당의 차림표에서 오자를 발견한다든지 버스 창으로 보이는 광고판의 맞춤법을 살펴보는 등 증세는 점점 심각해질 것이다. 자신의 예민함을 인정해주지 않고 "에이 뭘 그런 걸로 그렇게까지 예민하게 굴어"라고 핀잔을 주는 사람들이 미워지기도 하므로 인간관계도 나빠질 가능성이 많다.

경제적으로도 위험한 부분이 많다. 취미로 글을 쓴다고 하더라도 어느 순간 글쓰기 도구에 집착하게 된다. 좋은 만년필이 있으면 필체가 좋아질 것 같고, 좋은 노트가 있으면 글을 더 잘 쓸수 있을 것 같은 착각에 빠진다. 헤밍웨이가 사용했다는 노트 브랜드를 구입하고 레너드 번스타인이 사용한 연필을 구입하다 보면 글 쓰는 시간보다 도구를 구입하는 시간이 더 늘어난다. 노트북을 이용해서 글을 쓰는 사람이라면 글쓰기 프로그램에 집착하게 된다. 이것저것 구입해 쓰다 보면, 자신의 스타일에 정확하게 맞는 프로그램은 세상에 존재하지 않는다는 것을 알게 되고, 프로그래밍을 배우고 싶은 마음까지 생겨난다. 그 정도까지는 아니더라도 최소한 자신의 마음에 드는 폰트를 찾아 헤매게 된다. 글쓰기는 돈과 시간이 많이 드는 작업이다.

무엇보다도, 글쓰기의 가장 큰 위험은 '자기 합리화'이다.

처음으로 글을 쓰던 순간의 짜릿함을 기억할 것이다. 내 마음의 '추상'들을 구체적인 언어로 번역할 때, 마음은 옷을 입고 현실이 된다. 하얀 종이 위에, 혹은 하얀 모니터 위에 내가 쓴 글자들이 새겨질 때, 그 어떤 현실보다도 실물처럼 느껴진다. 내 마음을 언어로 표현할 수 있다는 것이 신기할 뿐이다. 더 솔직하게, 있었던 모든 일들을, 누구보다도 대담하게, 글로 남기고 싶어진다. 이 때부터 글쓰기의 함정이 시작된다.

누구에게도 보여주지 않으려던 글쓰기는 점점 누군가를 의식하게 된다. 일기조차도 그렇다. 이 세상에 완벽한 혼자만의 글쓰기란 존재하지 않는다(아마도 그럴 것이라 생각한다). 글을 쓴다는 것은 자신을 분리시키는 일이고, '나'와 '나를 바라보는 나'가 대화하는 일이므로 '나를 바라보는 나'가 존재하는 순간, 누군가를 의식할 수밖에 없다. 글을 쓰는 게 익숙해지면, 글쓰기로 더 많은 것을 표현할 수 있다는 걸 알게 된다. 명사와 동사뿐 아니라 형용사를 배우게 된다. 부사와 감탄사를 배우게 된다. 의성어와 의태어로 감각을 더 잘 묘사할 수 있게 되고, 간단한 트릭으로 문장에 긴장감을 더할 줄 알게 된다.

종이 위의 문장들은, 일종의 평행 우주다. 종이 위의 문장들은 실재하는 현실과 무척 닮아 있지만 완전히 똑같지는 않다. 글을 쓰는 사람은 종이 위에서 새로운 현실을 만들어낼 수 있고, 가보지 못한 길을 상상할 수 있다. 픽션만 그런 것이 아니다. 대부분의 글이 그렇다. 우리는 글 속에다 새로운 우리를 창조할 수 있다. 우리는 글을 통해 우리가 더 좋은 사람인 척할 수 있다. 더 현명하거나 더 세련된 사람인 척할 수 있다. 마음만 먹는다면 언제나 그럴 수 있다. 더 나은 사람이 되기 위해 노력하는 것과 더 나은 사람인 척하는 것은 아주 다른 일이다. 글쓰기는 얼마나 위험한 일인지 모른다.

글쓰기는 혼자 해서 좋은 것이지만, 혼자 하기 때문에 위험한 일이다. 지금 수많은 블로그에서, SNS에서, 책에서, 글쓰기는 자기 합리화의 좋은 도구가 되어가는 것 같다. 나 역시 자유롭지 못하다. 정확하게 글을 쓰고 싶지만 마음처럼 잘되지 않는다. 말은 뱉으면 그만이지만, 글은 발표하기까지 수십 번 수백 번 고칠 수 있다. 말은 주워 담을 수 없지만, 글은 고쳐낼 수 있다. 말에 비해 글은 훨씬 더 전략적이다. 우리는 글쓰기를 통해 더 나은 사람이 될 수 있다고 말하지만, 어쩌면 글쓰기 속에서만 더 나은 사람이 되고 있는지도 모르겠다. 글쓰기가 점점 어려워진다.

당신 안에
당신이 모르는 예술가가 있다

Pause.

페르시아의 수피(Sufi, 이슬람의 신비주의자) 잘랄 앗 딘 루미는 "당신 안에 당신이 모르는 예술가가 있다. 당신이 알고 있다면, 태초부터 그것을 알고 있었다면 당장 그렇다고 말하라"고 했다. 한 사람이 예술가가 되기 위해서는 새로운 것을 덧붙여 만드는 '소조'의 방식도 필요하지만 필요 없는 것들을 걷어내는 '조각'의 방식도 필요할 것이다. 소조한 다음 그걸 다시 조각해내거나 잘못 조각된 부분을 다시 소조할 수도 있을 것이다.

만약 누군가에게 예술을 가르칠 수 있다고 한다면 바로 저런 방식이지 않을까. 자신도 모르는 자기 안의 예술가를 발견하게 해주고, 그걸 소리 내어 말하게 하는 방식.

왜 어떤 아이는 작가가 되고, 어떤 아이는 화가가 될까

어째서 어떤 아이는 작가가 되고, 어떤 아이는 화가가 되고, 어떤 아이는 가수가 될까. 무슨 이유로 어떤 아이는 책을 읽으면서 희열을 느끼고, 어떤 아이는 색연필을 쥐었을 때 더욱 몰입을 하고, 어떤 아이는 소리 내어 노래를 부를 때 가장 격렬하게 자신을 표현할까.

오래전부터 나는 그게 궁금했다. 주변의 환경이 가장 큰 원인일까? 꼭 그런 것 같지는 않다. 우리 집에는 책이 별로 없었는데, 나는 작가가 됐다. 유전적인 이유가 작용하는 것일까? 형은 그림을 전공했고, 나도 그림 그리기를 좋아했으며, 아버지는 당신 스스로 "내가 손재주는 좋은 편이었지"라고 자주 얘기했으니 유전적 이유가 조금은 있는지도 모르겠다. 예술의 영역에 국한시킬 이야기가 아닐 수도 있다. 어째서 어떤 아이는 기계 만지는 것을 좋아하고, 어떤 남자 아이는 화장하는 걸 좋아할까. 아이들이 자라서 '어떤' 어른이 된다는 건 아무리 생각해도 참 신기한 일이다.

모든 아이들은 예술가다. 흔해빠진 정의지만 이 말 외에 적당한 표현이 떠오르지 않는다. 예술가란 온 힘을 다해서 '창조적인 혁신'을 이루려는 사람이고, 모든 것을 내팽개치고 유희에 전념하는 사람이다. 아름다움만 생각하는 사람이다. 아니, 아름다움의 개념조차 없이 온전히 창조하는 사람이다. 아이들이 노는 걸 보고 있으면 예술가란 이런 것이구나 깨닫게 된다. 그들은 통장의 잔고를 걱정할 필요도 없고 자신의 작품을 사람들이 어떻게 바라볼까 하는 자의식도 없으며, 자신의 작품으로 세계를 제패하고자 하는 야심도 없고, 앞으로 이 일로 과연 먹고살 수 있을지에 대한 걱정도 없다. 무작정 그림 그리고, 아무렇게나 노래 부르고, 보이는 대로 읽으며, 온몸을 뒤흔들며 춤을 춘다. 예술가라면 누구나 그런 상태를 꿈꾼다.

예술가들은 왜 그렇게 혼신의 힘을 다해 창조적 혁신에 몰두하는가

사회과학 연구자들은 이런 질문을 자주 해왔다. '예술가들은 왜 그렇게 혼신의 힘을 쏟으면서 창조적 혁신에 몰두하는 것일까?' 이런 질문을 던지는 사람 중에는 불순한 의도를 숨기고 있는 사람들도 꽤 많다. 예술가들의 에너지나 뇌의 구조를 창의력이 필요한 기업에 이식할 수 있을 것이라고 생각하기 때문이다. 앞으로 살아남을 수 있는 길은 새로운 기술과 뜻밖의 창의력을 결합하는 방법뿐이라고 생각하기 때문이다. 나 같은 예술가들을 분석하겠다니 기분 좋은 일이긴 하지만 과연 연구가 제대로 이뤄질 수 있을지 의심스럽다. 내가 나를 들여다봐도 참으로 한심할 때가 많고(예를 들면 밤새 게임하다가 '이것도 다 소설 쓰는 데 도움이 될 거야'라고 생각한다든가), 혼신의 힘을 쏟으면서 노는 데만 집중하고 있을 때가 많은데 과연 연구가 제대로 될까.

어쨌거나 그들의 연구 결과는 대체로 이렇다. '창조성의 동기 부여는 내재적 동기가 압도적으로 중요하다.' 외부에서 자극을 받은, 외재적 동기

에 의한 행동은 효율성의 사고가 지배하지만 내재적 동기로 시작된 행동은 실패의 위험을 무릅쓰고 새로운 대안들을 내놓는다는 것이다. 참으로 위험한 비유이긴 하지만, 직장 상사가 지시한 일은 대충대충 끝내기만 하면 된다고 생각하는 한편, 회식의 마지막 자리 노래방에서 본인의 흥으로 시작된 노래 부르기는 혼신의 힘으로 완성도를 끌어올린다는 것이, 외재적 동기와 내재적 동기의 차이라고 할까. 한마디로 요약하자면 이렇다. 무언가 창작하기 위해서는 아이의 에너지가 필요하다.

나 역시 아이의 에너지로 예술을 할 때가 가끔 있다. 그림을 그릴 때 자주 그렇다. 그림을 그리다 보면 머리가 텅 비고, 순전히 선에 집중하는 나를 발견할 때가 있다. 특별한 성취도 필

요 없고 보상도 원하지 않는다. 온전하게 완성된 하나의 선, 내 맘에 쏙 드는 한 줄의 선을 나는 간절히 원한다.

글을 쓸 때도 그런 순간이 온다. 소설가라는 자의식이 사라지고, 글쓰기의 완성도에 집착하지 않고, 그저 온전히 매력적인 한 줄의 문장을 간절히 원할 때가 있다.

글을 쓰고 가끔 그림도 그리는 사람으로서 두 가지 장르는 완전히 다른 방식으로 창작된다는 걸 순간순간 깨닫는다. 빨래가 끝나 바싹 마른 옷들을 차곡차곡 뇌의 서랍에다 개켜 넣는 일이 글쓰기라면, 서랍의 바닥에 뭐가 있나 보기 위해 차곡차곡 정리되어 있던 옷을 헤집어 꺼내서 바닥에 던져놓는 일이 그림 그리기 같다. 글을 쓰기 위해서는 모아야 하지만 그림을 그리기 위해서는 흐트러뜨려야 한다. 내 생각에는 그렇다.

모든 예술은
현재를 위한 것이다

모든 예술은 현재를 위한 것이다. 현재가 예술을 통해서 풍성해지고, 현재의 의미가 소중해지고, 동시대를 함께 사는 사람들과의 대화가 가능해

진다. 미래를 위한 예술이란 없다. 미래를 위한 예술이 가능하다고 말하는 사람이 있다면, 그는 사기꾼일 확률이 높다. 부자가 될 수 있는 예술, 재테크가 되는 예술, 미래를 보장해주는 예술이란 없다. 예술을 만들어내는 사람들은 오직 현재만 생각한다. 현재가 가장 중요하기 때문이다. 아이들이 놀이에 전념하듯 예술가들은 현재라는 바다에 잠수해 들어간다.

이탈리아 화가 조르조 모란디의 작품을 다룬 다큐멘터리 「조르조 모란디의 먼지」(마리오 체멜레 감독, 2012)에는 이런 질문과 대답이 나온다. 누군가 조르조 모란디에게 물었다. "화상이 당신의 그림을 30만 리라에 사서 다음 날 300만 리라에 팔고 있는 걸 알고 있습니까?" 조르조 모란디는 덤덤하게 이렇게 대꾸했다. "나하고는 상관없는 일이다. 각자의 역할이 있는 법이다. 나는 화가이고 그 사람은 상인이다." 조르조 모란디가 자신의 돈이 될 수 있었던 270만 리라에 집착하는 순간 그의 예술은 사라지고 말았을 것이다.

예술을 하는 데 돈이 필요 없다는 이야기는 아니다. 돈은 부차적인 것일 뿐 가장 중요한 목적이 되어서는 안 된다는 이야기다. 고지식한 의견

이라고 생각할지 모르겠지만, 내 생각은 그렇다. 돈이 끼어드는 순간 마음은 조금 혼탁해질 수밖에 없다. 목적이 생기는 순간, 가야 할 곳이 보이는 순간, 마음이 급해질 수밖에 없고 발걸음이 조금이라도 빨라질 수밖에 없다. 그렇다고 돈을 전혀 생각하지 않을 수도 없다. 돈을 위해 글을 쓰다가 수많은 명작을 만들어낸 도스토예프스키의 명언도 생각난다. "문학은 돈이 아닐지 모르지만 원고는 확실히 돈이다." 도스토예프스키의 경우는 원고가 문학으로 탈바꿈된 행복한 경우일 것이다.

어렵고 예민하고 미묘한 문제다. 예술가들은 자신의 돈을 어떻게 지킬 것인가. 어떻게 하면 '원고'를 온전한 '문학'으로 만들 수 있을 것인가.

무엇을 표현할지는 가르칠 수 없지만 어떻게 표현할지는 가르칠 수 있다

'예술'이라는 단어는 '가르친다'라는 동사와는 잘 어울리지 않는 것 같다. 호응이 되지 않는 문장을 볼 때처럼 어딘지 모르게 불편하다. 그런데 '배

운다'라는 말과는 잘 어울린다. '예술은 가르칠 수 없지만 끊임없이 배워야만 하는 어떤 것'이라고 오랫동안 생각해왔기 때문에 이런 편견이 생긴 것인지도 모르겠다.

나는 지금까지 한 번도 글쓰기 관련 수업을 들은 적이 없다. 때로는 글쓰기 수업을 들은 적이 없다는 게 다행이라는 생각이 들었고(나 같은 유리 멘탈로는 선생님의 비판을 견뎌내지 못하고 일찌감치 나가떨어졌겠지), 일인칭은 어떻게 써야 하고 삼인칭은 어떻게 써야 할지 도무지 감을 잡지 못할 때면 글쓰기 수업을 들어보지 못한 걸 후회하기도 했다. 두 개의 삶을 동시에 살 수 있다면, 한쪽은 글쓰기를 배운 삶으로 정하고 다른 쪽은 글쓰기를 전혀 배우지 않은 삶으로 정해볼 수도 있겠다. 결국 목적지는 거의 비슷하지 않을까, 라는 예감이 들긴 하지만.

최근에 생각이 조금씩 바뀌고 있다. '예술'이라는 단어와 '가르친다'라는 단어의 호응이 예전처럼 어색하지 않게 됐다. 어쩌면 가르칠 수도 있겠다는 생각이 들었다. 예술을 가르친다는 것은 '물고기를 주지 말고 물고기 잡는 법을 가르쳐주라'는 오래된 탈무드의 가르침과 비슷한 구석이 있는 것 같다. 무엇을 표현할지를 가르쳐줄 수는 없지만 어떻게 표현할지는 가르쳐줄 수 있다. 물고기를 주는 대신 낚싯대의 종류에는 어떤 게 있는지, 낚싯대는 어떻게 잡으면 좋은지, 낚싯대를 사용할 때 주의해야 할 사항이 무엇인지는 얘기해줄 수 있을 것이다. 껍데기에 대해 오랫동안 이야기하다 보면, 어느새 그 안에 알맹이가 들어차는 느낌이랄까.

많은 예술가들은 살리에리의 심정을 알 것이다

살리에리라는 이름을 볼 때마다 가슴이 저릿해진다. 살리에리는 내가 아는 한 가장 안타까운 예술가다. 평생 모차르트를 시기했으며, 상대에 대한 질투를 완성하기 위해 자신의 몸과 마음을 파괴했으며, 끝내는 자신의 작품보다 '시기심의 대명사'로 후세에 기억되고 있다. 살리에리가 어떤 곡을 작곡했는지는 아무도 관심 없다. "아, 살리에리? 알지, 평생 모차르트의 재능을 시기하다가 결국 2인자로 남은 사람이잖아." 누군가 나를 그런 식으로 기억한다면 죽은 다음에도 정말 죽을 맛이겠구나 싶다.

살리에리는 황제 요제프 2세에게

모차르트를 소개해준 장본인이다. 살리에리는 모차르트를 사랑했다. 그의 재능을 알아보았고, 동시에 그의 재능을 부러워했다. 살리에리가 동료들 앞에서 자신의 최신 곡 연주를 들려준 적이 있었다. 살리에리의 연주가 끝나자마자 모차르트가 피아노 앞에 앉았다. 모차르트는 방금 들은 살리에리의 모든 연주를 고스란히 재현했

을 참고 견디는 사람이기 때문이다. 하찮아 보이는 자신의 작품을 오랜 시간에 걸쳐 조금이라도 더 낫게 만드는 사람들이기 때문이다. 예술가뿐 아니라 많은 사람들이 그럴 것이다. 뭔가 만들어본 사람은 모차르트가 아닌 살리에리를 더 잘 이해할 수 있을 것이다. 왜 난 모차르트가 될 수 없는가 자문했던 적이 많을 것이다. 나도 해봐

모차르트

살리에리

다. 곡 전체를 기억함과 동시에 더 경쾌하게 연주했고, 즉흥적으로 덧붙인 뒷부분은 살리에리의 원곡보다 훨씬 나았다. 살리에리의 신곡 발표회는 자신의 재능이 얼마나 보잘것없는지 모든 사람들에게 널리 알린 전시장이 되어버렸다. 사람들 앞에서 살리에리는 어떤 표정을 지었을까.

아마 많은 예술가들은 살리에리의 심정을 잘 알 것이다. 왜냐하면, 예술가는 보잘것없어 보이는 자신의 작품

서 아는데, 자문한다고 해결되는 문제가 아니다. 많은 사람들이 평생 질투와 시기심을 견디며 무언가를 만들어낸다.

우리는 서로를 시기하면서 조금 더 나은 사람이 되어간다

시기심과 질투는 조금 다르다. 시기심은 두 사람의 문제다. 내가 상대방

보다 더 잘하지 못한다는 좌절에서 시기심이 비롯된다. 질투는 세 사람 이상의 문제다. '나'는 '너'를 좋아하는데, '너'는 '내'가 아닌 '그'를 좋아할 때, 질투가 발생한다. 살리에리는 아마도 질투와 시기심 모두 가지고 있었을 것이다(두 단어를 합해서 '질기심'이라고 해야 할까). 아무리 노력해도 모차르트의 재능을 뛰어넘을 수 없다는 걸 깨닫고 시기심을 느꼈을 것이고, 많은 사람들이 자신보다 모차르트를 사랑하는 걸 보고 질투를 느꼈을 것이다. 심지어 모차르트는 살리에리가 오랫동안 흠모했던 여학생을 애인으로 삼기까지 했다.

『시기심』의 저자 롤프 하우블은 사람들이 시기심을 표현하는 세 가지 형태로 '우울', '야심', '분노'를 들었다. 첫째, 상대방의 능력을 인정하고 자신의 능력 없음을 한탄하며 스스로를 '우울'로 몰아치는 사람이 있다. 둘째, 상대방의 능력을 인정하고, 그처럼 되기 위해 노력하는 사람들이 있다. '야심가'들이다. 셋째, 상대방의 성공이 올바르지 않은 방법으로 이뤄졌다고 판단하고, 그를 깎아내리는 사람들이 있다. 이른바 '분노'로 시기심을 드러내는 사람들이다.

롤프 하우블의 책을 읽다가 여러 번 뜨끔했다. 나 역시 누군가를 시기했고, 질투했고, 상대방이 좌절에 빠지길 바란 적이 있었다. 상대방의 능력이 부러워 우울했던 적도 있었다. 그 시기심들을 마음 깊은 곳에 묻어두고 있었다. 시기심이라는 마음을 상자에 넣은 다음 테이프로 밀봉하고, 끈으로 묶어서 다시 상자에 넣은 다음 테이프로 다시 밀봉하여 마음의 깊숙한 곳에 묻어뒀다. 그 마음을 들키고 싶지 않았다. 누군가의 재능을 시기하는 것은 '쿨하지 못한' 태도인 것 같았고, 겉으로 드러내는 건 무례한 짓이라고 생각했다. 누군가를 시기하는 나 자신이 마음에 들지 않기도 했다. 롤프 하우블의 책을 읽고 나니, 그렇게 시기심을 묻어두는 건 올바른 태도가 아닐지도 모른다는 생각이 든다.

소설가가 된 지 17년이 지났다. 책을 여러 권 냈고, 문학상을 받기도 했고, 내 소설을 좋아하는 독자들도 있다. 하지만 요즘도 종종 시기심을 느낄 때가 있다. 특히 나보다 나이가 어린 신인 작가들을 보면서 시기심을 느낄 때면 스스로가 참 못마땅하다. 스스로에게 이렇게 묻는다. '아니, 대체 뭐가 불만인 거야?'

롤프 하우블은 그럴 수 있다고 한다. 아니, 당연한 일이라고 한다. 시기심의 원인은 나의 불안에 있다. 다른 사람들은 매일 노력해서 뭔가 대단한 걸 만들어내는 거 같은데, 나만 멍청하게 가만히 앉아 있다고 느끼는 것이다. 다들 빠른 속도로 발전하고 있는데 자신만 제자리를 맴돌고 있다고 느끼는 것이다.

시기심을 좋은 에너지로 바꾸려면 스스로를 믿어야 한다. 나는 남들과 다르고, 자신만의 독창적인 가치가 있다고 믿어야 한다. 말처럼 쉽지 않다. 어떤 사람은 나를 보고 시기심을 느낄 수도 있겠지. 그러고 보면 우리는 서로를 시기하면서 더 나은 사람이 되는지도 모르겠다.

4. 실전 그림 그리기

1. 우연히 그림을 그리게 되었다

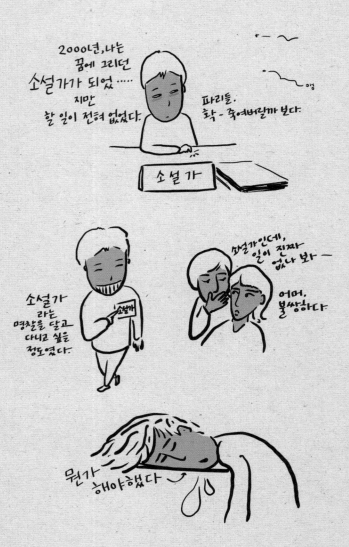

2000년, 나는 꿈에 그리던 소설가가 되었.....지만 할 일이 전혀 없었다.

파리들. 확 - 죽여버릴까 보다

소설가

소설가 라는 명찰을 달고 다니고 싶을 정도였다.

소설가

소설가인데, 일이 진짜 없나 봐 —

어머, 불쌍하다

뭔가 해야했다

우선
독학으로 홈페이지를
만들었다.
이름은 '펭귄뉴스'

나의 소설 데뷔작
제목이다.

홈페이지에 넣을
내용을 만들어야 했다.

당시
유행하던
그림일기를
그려넣기로 했다

그림을 그릴 수 있는 도구가
전혀 없었기 때문에,
복사 용지에다 볼펜으로 그림을 그렸다.
형편없는 그림 실력이었지만
열심히 그렸다.

2001. 1. 일기

대략
이런 그림

스캐너도 한 대
구입했고,

인간적으로,
너무 못 그렸다.

포토샵에서
내게 필요한 기능만
조금씩
배워나갔다.

ONE DAY

그러던 어느날,
메일 하나가 도착했다.

놀리는 것이면 놀림을
받기로 하고,
답장을 보냈다.

처음엔 힘들었지만
시간이 지날수록 태블릿에
익숙해졌다.

세 개의 태블릿을 쓰는 동안
참 많은 그림을 그렸다.
어떤 사람은 종이에다 물감으로 그려야
진짜 그림 같다고 말한다.
그럴 수도 있다고 생각한다.

그래,
이 맛인가?

붓과 물감으로 그림을
그려본 적도 있는데,
그리 오래가진 않았다.

으쌰

요즘엔 아이패드와 애플 펜슬로
그림을 그린다. (프로그램은 PROCREATE)
언제든 그림을 그릴 수 있다는
장점이 있다. 지금 이 그림도 애플 펜슬로
그리고 있다.

나에게는 '잘' 그리는 것보다
'빨리' 그리는 게 더 필요하다.
둘다 잘하면 좋겠지만
하나만 고르라면 '빨리'다.

내 머릿 속에
떠오른 것들,
내 팔과 다리와
심장이 느낀것들,
내 눈이 본 것들 ……
그게 사라지기 전에
날아가버리기 전에
그걸 빨리 그려야만 했다.

2. 아무렇게나 그려보자

사물을 그려보자. 가까이에 있는,
그렇지만 우리가 잘 알지 못하는 사물을 그려보자.
연필의 핵심은 어디에 있을까.
연필을 연필답게 만드는 것은 무엇일까?

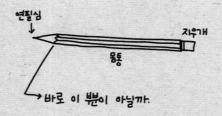

연필심

지우개

몸통

→ 바로 이 뿐이 아닐까.

이렇게 연필을 그릴 수도 있다.

연필인지 볼펜인지 분간하기 어렵다.

연필을 깎을 때의 흔적, 칼로 나무를
베어냈을 때의 자국이 곧 연필을 연필답게 만든 것이다.

컵을 그리면 기분이 좋아진다.
어떤 컵이라도 상관없다.

내 생각에, 컵은 세 개의 부분으로 이루어져 있다.
주둥이 부분과 손잡이 부분과 곡선.
손잡이가 없는 컵도 있으니까 실은
주둥이와 곡선으로 이루어진 것이나 마찬가지다.

우선 주둥이 부분을 그리고나서

참─ 쉽죠?

아랫부분의 곡선을 아무렇게나 그리면 된다.

컵에는 직선이 없다.
아마도 그래서 컵을 그리면
기분이 좋아지는 모양이다.
직선으로 그리지 않아도 된다는 해방감,

내 마음대로 선을 그어도 된다는 자유로움이
컵 속에 들어있다. 물론, 시작한 곡선은
주둥이로 돌아와야 한다. 그래야 컵이 된다.
설령 이런 모양이 된다 하더라도……

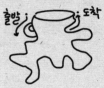

그러기
내가 가장 좋아하는 컵은,
에스프레소 컵이다.

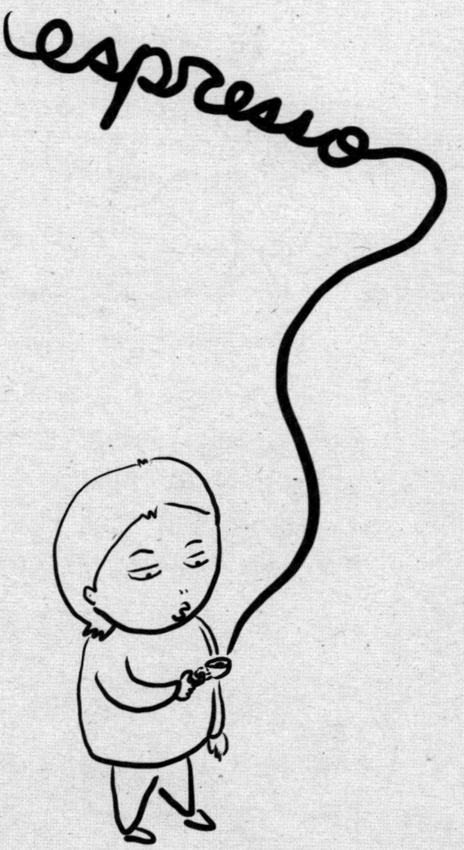
espresso

예전에 문장 쓰는 일을
흙손에 비유한 적이 있다.

흙손이 아름다울 필요는 없다.
물론 아름답다면 더 좋겠지.

문장 역시 작가의 생각을
잘 옮길 수 있으면 그만이다.
굳이 아름다울 필요는 없다,
는 게 나의 개인적인 생각이다.

그림도 그러한 것이 아닌가
생각해봅니다.

불타는 산?

그리고 싶은 것을
그리면 될 뿐
꼭 잘 그려야 할까요?

난 그림을
못 그려요

손재주가
없어서

창피해요

어릴 때는
곧잘
그렸는데…

아니에요.
그냥
그려 보아요.
분명 어떤
해방감이
느껴질 겁니다.

3. 다 함께 그림을 그려보자

그림을 그려야 한다.
그리려고 한다.
어디서부터 그릴까.
어떻게 그릴까?
우선, 사람을 그려볼까?

나는 얼굴부터 그리는 스타일

때로는 눈썹부터 그릴 때도 있고,

눈부터 그릴 때도 있지만

코 ↳

부터 그린 적은 없다.

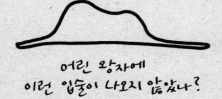

입술부터 그린 적도 없지.

그런데,
저 입술!

어디선가 본 입술 같다.

어린 왕자에
이런 입술이 나오지 않았나?

맞아,

보아뱀 입술이었지.

코끼리를 먹은 보아뱀과
물고기를 먹은 보아뱀이
나란히 붙은 장면인가?

사람에 따라 그리는 입술의
스타일도 다양하다.

이런 입술,

또 이런 입술.

이런 입술도 ……

그림을 잘 그리기 위해선
관찰이 필요하다.
얼굴을 잘 그리려면 그 사람을
오랫동안 바라봐야 한다.
그렇지만 자세히 본다고
자세하게 그릴 필요는 없다.

때로는
간단한
선만으로
그릴 수 있다.

배우 톰 크루즈다.
주름을 빼고 그렸더니
좀 비현실적이다.

주름을 조금만
넣어보자.

음, 좀더 현실적이군.

예전에
짧은 만화를 연재한 적이 있다.
제목은 〈아스트랄 보이즈〉였고,
아스트랄한 아이들의 세계를
그리고 싶었다.

이런 아이가 주인공이었고,

내가
어때서?

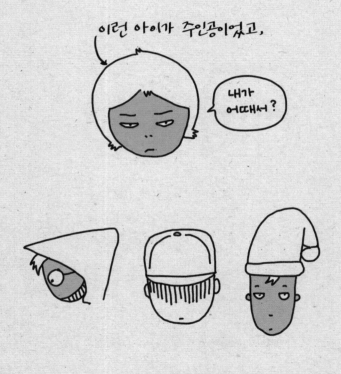

이런 녀석들도
공동 주인공이었다.

내가 가장 좋아하는 에피소드는 이거다.
제목은, '우리집처럼.'

화장실에 갔다가 안내문을
본 것이 카툰 아이디어의 시작이었다.

> ## 화장실 이용수칙
>
> 우리 집 화장실이라고
> 생각하면 쉽습니다.

사람들이 자기 집 화장실을
어떻게 쓴다고 생각하는 거지?

이렇게 꼬인 마음으로 생각하기 시작했다.

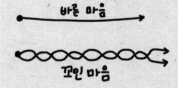

바른 마음

꼬인 마음

바른 마음으로는 새로운 생각을
하기가 쉽지 않다.
반사회적인 생각이야말로
상상력의 시작이라고 생각한다.

그래,
내 머리
꼬였다.

마음속에
이런 놈이 늘
함께 있는 거다.
그렇다고 반사회적인
행동을 하는 건 아니다.

시큰둥

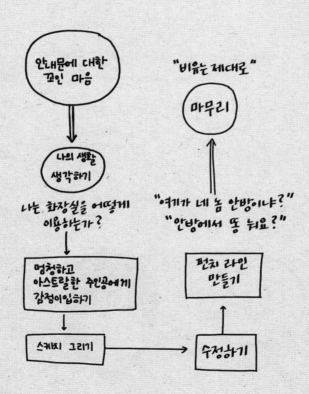

안내문에 대한
꼬인 마음

"비유는 제대로"

마무리

나의 생활
생각하기

나는 화장실을 어떻게
이용하는가?

"여기가 네 놈 안방이냐?"
"안방에서 똥 눠요?"

멍청하고
아스트랄한 주인공에게
감정이입하기

펀치 라인
만들기

스케치 그리기

수정하기

반사회적인 생각을 하다 보면
눈에 밟히는 글이 점점 많아진다
세상에는 수많은 위인들이 존재한다
위인들은 명언들을 남긴다.

꼬인 마음으로 명언들을 바라보자.

이야기는 세 단계를 거친다.

하나 마나 한 소리라고 생각하겠지만,
모든 창작물은 시작하고, 진행하고,
마무리해야 한다.

무엇보다
시작이 가장 힘들다.
무한대의 가능성 중에서
오직 단 하나만을
선택하여 앞으로
나아가야 하니까.

가장 중요한 것은 마무리다.
지나치게 교훈적인 마무리는
앞의 재미를 반감시킬 수 있고,
대책 없는 마무리는
무책임해 보일 수 있다.

결말에는
창작자의 세계관이
투영된다.

결말에 이르고 싶으면,
나의 세계관이 어떠한지 궁금하다면
간단하게 시작해보자.

아무렇게나 선을 그어보자.

선을 길게 그으면
땅이 된다.

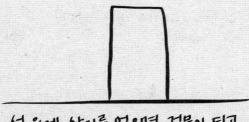

선 위에 상자를 얹으면 건물이 되고,

나무가 되기도 하고,

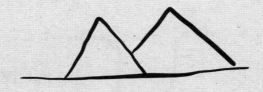

산이 되기도 한다.

선으로 이야기를 만들어보자.

선 위에

작은
불씨 하나가
떨어졌고,

불덩어리는
땅으로 가라앉았다.

지구 깊은 곳으로
빠져 들어

어디론가
흘러 들어갔다.

지구는
허물어졌고,

녹아 내렸다.

그리고,

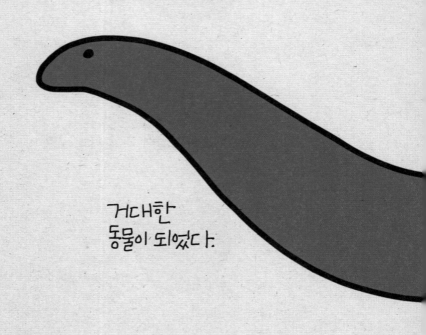

거대한
동물이 되었다.

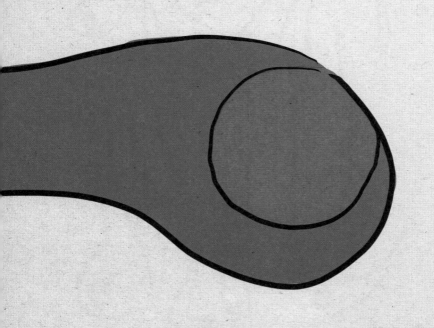

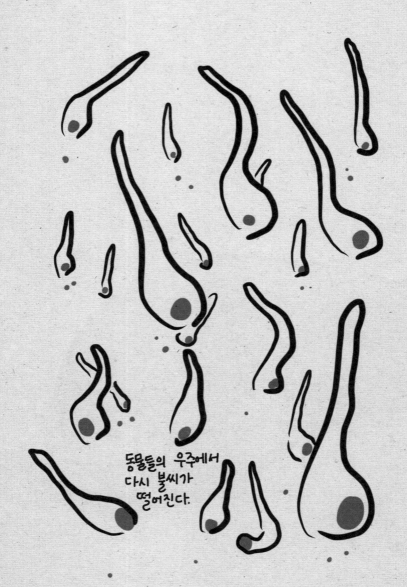

동물들의 우주에서
다시 불씨가
떨어진다.

말이 안 되는 이야기 같지만
하나의 선으로 시작해서
결말에 이르게 되었다.

시작하려면 어떻게 해야 할까?

선을 그어보자.

아무 데나 낙서를 해보자.

예에~

노래를 따라 불러보고,

아무말대잔치도 나 혼자 열어보고,

컵에 있는 물이 회색이면 흑색이 아닌 이유도 모를 수 있는 절박한 투명함이 저절로 솟구쳐나오게 되고 회색와 흑색은 곁에 앉아서……

그리고 내가 좋아하는 팁 하나,
여행지에서 그림을 그려보길 권한다.
우린 수많은 사진을 남기지만.

우리는 사진을 기억하지 못한다

그림을 그리기 위해선
대상을 수십 번
봐야 하고,
그 과정에서
자연스럽게 관찰을
하게 된다.

그리고,

절대
잊어버리지
말아야
할
한 가지

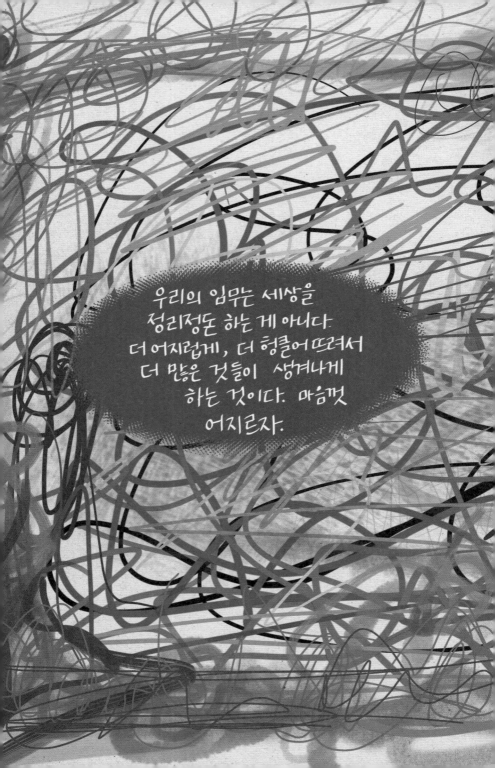

우리의 임무는 세상을
정리정돈 하는 게 아니다.
더 어지럽게, 더 헝클어뜨려서
더 많은 것들이 생겨나게
하는 것이다. 마음껏
어지르자.

5. 대화 완전정복

문제를 풀기 전에 ────────────

말을 잘하지는 못하지만 대화를 나누기에 괜찮은 사람이 되고 싶었다. 예전부터 듣는 일은 잘했다. 가만히 앉아서 적당한 추임새를 곁들이는 일을 잘했다. 내 얘기를 꺼내는 건 언제나 민망했지만 다른 사람의 이야기를 듣는 건 지루하지 않았다. 가끔씩 도저히 참기 힘들 정도로 자기 자랑만 해대는 사람을 피해 도망친 적은 있었다. 쓸데없는 허세를 부리는 사람이 짜증 나서 말을 자른 적도 있긴 하다. 좋아하지 않는 사람이 화제를 주도하는 게 꼴 보기 싫어서 쉴 새 없이 말을 한 적도 있긴 하다(남의 이야기 잘 들어주는 사람 맞니?). 내 얘기가 너무 많은 것은 아닌지 늘 생각한다. 걱정한다. 그래도 나는 듣는 일이 여전히 즐겁다.

대형 서점의 처세술 코너에 갔더니 '화술'에 대한 책이 무척 많았다. '관계'와 '소통'에 대한 책도 많았다. 대화를 책으로 배울 수 있을까? 나는 가능하다고 생각한다. 문제는 '대화'의 목적이 '성공'이라는 데 있다. 수많은 자기계발서들은 성공하기 위해서 말을 잘해야 한다고 설파한다. 성공하길 원한다면 소통해야 한다는 것이다.

세상에, 그런 대화는 없다.

우리가 대화하는 이유는 상대방의 이야기를 듣기 위해서고, 공감하기 위해서다. 대화의 결과는 이해여야지, 성공이 되어서는 안 된다. 「대화 완전정복」에서는 성공하지 못하는 대화를 다룰 생각이다. 너무 사소해서 대화 같지도 않은 대화들, 중요한 내용이 없어 보이는 대화들, 그렇지만 어느 순간 머릿속에서 반짝일 만한 대화들을 다룰 생각이다. 영화와 소설과 연극과 인터뷰 속에는 보석 같은 대화들이 얼마나 많은지 모른다.

대화 완전정복 시험 문제지
언어 영역

(제1교시) 　　　성명 ┌─────────────┐
　　　　　　　　　　　　　└─────────────┘

1. 시끄럽고, 분주하고, 엉망진창이고, 헛소리가 난무하는 택시 안에서

다음은 장진 감독의 희곡 「택시 드리벌」 중 일부분으로, 주인공 덕배
가 술에 취한 손님과 이야기하는 장면이다.

┌──┐
│ 남1, 2, 3 탄다.
│ 모두 술에 취해 있다.
│ **남1** : 영동.
│ 차, 간다.
│ **남2** : 야! 엄석대! 우리…… 우리 왜 이렇게 됐냐! 우리 안 그랬잖
│ 　　　아!
│ **남3** : 김 부장…… 그 개새끼 언젠간 내가 죽일 꺼다! 알겠냐! 내
│ 　　　가 죽인다. 건들지 마라!
│ **남1** : 그래, 우리 이렇게 물 먹이고 지는 편할 꺼 같으냐! 오늘 진
│ 　　　짜 엎어 버리려다 참았다! 나 해병대다! 알지! 해병대가 참
│ 　　　았다! 하지만 속으론 울었다! 해병대의 눈물! 아프다! 해병
└──┘

대 아프다!

덕배 : 술이라도 한잔 먹어야 하고 싶은 말 다 꺼내는 이 불쌍한
　　　샐러리맨들…….

남3 : 친구들! 그 자식은 내가 죽인다! 먼저 행동하지 마라! 내가
　　　죽일 꺼다! 알지! 나 엄석대! 초등학교 때부터…… 알지! 난
　　　영웅이었다! 지금은 이렇게 일그러져 있지만 나 그 자식 죽
　　　이고 부활할 꺼다! 김 부장 그 자식은 내가 죽인다!

남2 : 야! 우리 왜 이렇게 됐나! 우리 안 그랬잖아!

덕배 : 저기요, ……1호터널 막히니까 남산 순환도로로 갈게
　　　요……!

남2 : 1호터널 왜 이렇게 됐나? 1호터널 안 그랬잖아?

남1 : 난 오늘 정말로 사표 쓸려고 했다! 해병대가 사표 쓸려고 했
　　　다! 해병대! 웬만하면 글 같은 거 안 쓴다! 그런 해병대가 사
　　　표 쓸려다 참았다! 비록 일병에 의가사제대 했지만 해병대
　　　가슴으로 울었다! 해병대 박 일병이 울었다!

남3 : 거치른 벌판으로 달려가자 젊음의 태양을 마시자~.

남1 : 하지 마. ……하지 마…….

남2 : (문제)

다음 중 남2는 무슨 말을 했을까?

① 보석보다 찬란한 무지개가 살고 있는 저 언덕 너머

② 뭘 하지 마, 뭘 하지 마.

③ 우리 왜 이렇게 됐냐! 우리 이렇게 살지 말자…….

④ 난 육군 병장 제대했다.

문제 해설

정답은 차근차근 알아보기로 하고(솔직히, 정답이 뭐가 중요하겠어요!), 우선 대화의 재미를 즐겨보자.

내 생각에는 여러 사람이 등장하는 대화를 한국에서 가장 맛깔나게 쓸 줄 아는 사람이 장진 감독이다. 「기막힌 사내들」(1998)과 「킬러들의 수다」(2001) 같은 초기작을 재미있게 본 사람이면 내 의견에 동의할 것이다. 장진 감독의 주인공들은 함께 모여서 자신의 이야기를 열심히 반복하는 사람들이다. 서로 이야기를 나누긴 하지만 입장은 잘 좁혀지지 않는다. 거기에서 코미디가 생겨난다. 대화가 이루어지는 것 같지만, 실은 대화가 아니라 독백들이다.

오래전 연극 「택시 드리벌」을 보러 갔을 때가 생각난다. 배우 정재영이 주인공 덕배를 연기했던 것 같다. (자세하게 기억나지는 않지만) 커다란 무대 위에 택시 한 대만 덩그러니 놓여 있었고, 덕배는 관객과 이야기를 나누면서, 택시 승객과 이야기를 나누면서 택시를 운전하고 있었다. 수많은 대사가 끊임없이 쏟아져 나왔는데, 내게는 모든 대사가 독백 같았다. 나는 그 모습이 이상했다. 왜 서로를 바라보지 않고 이야기를 할까. 왜 관객을 향해 이야기를 할까. 모든 대사가 독백 같았고, 허공에다 내뱉는 한숨 같았다.

허망한 이야기를 나누기에 택시만 한 데가 없다. 같은 방향을 보고 앉은 데다(우리는 서로의 얼굴을 보지 못한다) 상대가 누구인지도 알지 못한다. 만나자마자 곧 헤어질 사이이기 때문에 깊은 이야기를 나눌 수도 없다. 곧 휘발될 만한 이야기를 얼굴도 보지 못한 채 짧게 나누어야 한다.

택시에 타면 기사님께 말을 거는 편이다(나는 소설을 쓰는 사람이므로 다양한 사람들을 많이 만나야 한다. 그래야 한다. 어떤 식으로든 말을 건네야 한다). 투철한 직업 정신으로 말을 걸지만 후회할 때도 있다. 오랜 시간 말을 아껴두어 에너지가 응축된 기사님께서 폭포수 같은 방언을 터뜨리실 때면, 아뿔싸, 내가 판도라의 상자를 열었구나 싶어서 말을 걸지 말고 잠이나 잘걸 후회한다. 그래도 재미있는 이야기가 훨씬 많다. 자식들에 대한 이야기를 가장 많이 들었던 것 같고, 자신이 살아온 이야기를 5분 다이제스트 버전으로 들려주신 기사분도 있었고(아, 파란만장하여라!), 물론 정치 얘기 하시는 분도 많고, 때로는 음악 이야기를 하시는 분도 있었다.

자주 만나고 익숙한 사람보다 아주 잠깐 만나는 사람과의 대화술이 더욱 중요하다. 익숙한 사람들한테는 실수를 만회할 기회가 있지만 한 번 만나고 말 사람들과는 최대한 유연한 대화가 필요하다. 택시 기사님들뿐 아니라 각종 안내를 도와주는 전화 상담원, 가게의 점원들에게 더 말을 잘해야 한다. 깊은 상처를 주고도 실수를 만회할 수 없기 때문이다.

자, 이제 문제 풀이로 돌아가보자. 택시에서의 풍경은 예나 지금이나 달라진 게 없는 것 같다. 시끄럽고, 분주하고, 엉망진창이고, 헛소리들이 난무한다(아, 술에 취해 탔던 모든 택시의 기사님들께 죄송하다는 말씀을 전한다). 남1은 일병 의가사제대를 하긴 했지만 해병대 출신이다. 남3은 엄석대다. 이문열의 소설 『우리들의 일그러진 영웅』을 떠올리게 하는 이름이다. 엄석대는 김 부장을 죽여버리겠다고 소리를 지른다. 남2는 같은 이야기를 반복하는 사람이다. 우리가 왜 이렇게 됐냐고, 옛 생각에 빠져 같은 이야기를 반복하는 사람이다. 1호터널이 왜 이렇게 됐냐고, 전에는 안 그랬는데, 왜 이렇게 됐냐고, 술에 취해서 소리를 지를 때 웃기면서도 짠한 마음이 들기도 한다. 서로 소리를 지르는 가운데, 남2는 어떤 말을 했을까. 보기를 하나씩 들여다보자.

보기 ① "보석보다 찬란한 무지개가 살고 있는 저 언덕 너머"의 경우 남3이 부르는 노래를 따라 부르는 순간, 택시는 개판이 될 것이다. 남1은 "하지 마, 하지 마" 소리를 지르고, 남2와 남3이 노래를 부를 경우, 아마 덕배는 택시를 세울지도 모른다.

② "뭘 하지 마, 뭘 하지 마"의 경우 술에 취했을 때 상대방의 말을 계속 따라 하는 사람이 있다. 상황을 짜증으로 몰고 갈 필요가 있다면, 이야기를 파국으로 몰아가고 싶다면 추천해줄 만한 정답이다.

③ "우리 왜 이렇게 됐냐! 우리 이렇게 살지 말자……"의 경우 가장 정직한 정답이 될 것이다. 남2의 캐릭터라면, 술에 취해서 계속 같은 말을 반복했겠지.

④ "난 육군 병장 제대했다"의 경우 같은 이야기를 반복하던 남2가 갑자기 정색하는 경우다. 남2가 육군 병장 제대 이야기를 꺼내면, 남1은 다시 해병대 이야기를 꺼낼 것이고, 이번에는 노래를 부르던 남3이 "하지 마, 하지 마……"를 외칠 것이고, 택시는 다시 아수라장이 될 것이며 덕배는 택시를 세울 것이다.

장진 감독이 선택한 답은 ③이었다.

2. 그냥 한마디 툭 던졌는데, 인생이 들어 있는 경우

앵커 손석희 씨가 진행하는 「JTBC 뉴스룸」에는 문화인이 출연해 이야기를 나누는 꼭지가 있다. 다음은 배우 한석규 씨가 출연했을 때의 대화다.

> **손석희** : 이런 표현을 해서 미안합니다만, '나도 점차 구닥다리가 되어간다는 듯한 불안감' 같은 걸 배우로서 느끼지는 않습니까?
>
> **한석규** : 아닙니다. 전혀 그렇지 않습니다. 배우의 좋은 점을 거창하게 말씀드린다면, 나이 먹는 걸 기다리는 직업이 배우입니다. 저는 젊었을 때는 그런 생각 안 해봤어요. 나이를 조금씩 먹었을 때 배우라는 게 정말 좋구나 하는 점 중에 하나가 60이 되어서 70이 되어서 제가 하고 싶은 역할, 그때를 기다리는 그 즐거움이라고 해야 할까요, 그런 게 있어요.
>
> **손석희** : 조금 이해가 갈 수도 있을 것 같습니다. 실례지만 해 바뀌면 몇 되십니까?
>
> **한석규** : (웃음) 제가 이제 만 50 됐습니다. 하하하, 선배님은 몇 되셨어요?
>
> **손석희** : (문제)

다음 중 손석희 씨가 한 말로 적절한 것은?

① 제 질문을 잘 이해를 못 하신 것 같은데요. 질문을 바꿔보겠습니다.

② 저는 노코멘트 하겠습니다.

③ 아직 멀었습니다. 저 따라오시려면.

④ 저는 만으로 60 됐습니다.

⑤ 시간이 없어서요. 마지막 질문 하겠습니다.

한때는 좋은 인터뷰어가 되는 게 꿈이었던 적이 있었다. 사람에 대한 기사를 쓰는 게 너무 힘들고 막막해서, 입만 열면 멍청한 질문만 내뱉는 내가 너무 보기 싫어서 그런 꿈을 꾼 적이 있었다. 잡지사에 다닐 때였고, 수많은 사람들을 인터뷰해야 했다. 인터뷰를 한다는 건 설레는 일이기도 하고 무서운 일이기도 했다. 2시간 정도 이야기를 나누고 그 사람을 알 수 있을까? 몇 마디 나눠보고 그 사람에 대한 기사를 쓸 수 있을까? 그런 고민으로 밤잠을 설치던 때가 있었다.

좋은 인터뷰어가 되기 위해서는 '좋은 인터뷰어가 되기 위해서는 어떤 조건이 필요한가?'에 대한 답부터 찾아야 했다. 과연 노력하면 될 수 있는 일인가? 나도 질문의 고수들처럼 상대방의 허를 찌를 수 있을까. 사자후 토하듯 다양한 물음의 파편들을 내뱉을 수 있을까. 과연 그런 날이 올까. 세월이 흘러 지난날을 돌이켜보니, 그런 날은 과연 오지 않았다. 앞으로도 오지 않을 것이다. 여전히 나는 누군가를 인터뷰할 때면 탈색약을 뿌린 듯 머릿속이 하얗게 변한다.

인터뷰에는 별다른 재능이 없는 것 같은데, 사실 다른 사람의 인터뷰 기사를 읽으며 이러니저러니 평가 내리는 건 좋아한다. '아, 이건 인터뷰어가 인터뷰이한테 잡아먹혔네. 아니지, 이건 이렇게 쓰는 게 아니지. 속았네, 속았어. 뭔가 중요한 이야기를 빼먹은 것 같은데?' 중얼거리면서 인터뷰하는 두 사람의 옆자리에 슬그머니 앉는다. 인터뷰를 직접 하지만 않으면 세상에 그보다 재미있는 형식의 글이 없다. 껄끄러운 질문으로 공격하는 인터뷰어, 재치로 빠져나가는 인터뷰이, 그러나 다시 발목을 잡는 인터뷰어, 정면 돌파하다가 잘못된 길로 빠져드는 인터뷰이…… 힘의 균형이 어느 쪽으로 무너지는지 관찰하는 재미가 쏠쏠하다.

수전 손택은 자신의 책 『수전 손택의 말』에서 '인터뷰라는 형식을 좋아한다'면서 이렇게 적었다.

> 대화를 좋아하기 때문에, 문답을 좋아하기 때문에 인터뷰를 좋아하는 거죠. 그리고 내 사고의 상당 부분이 대화의 소산이라는 걸 알고 있어요. 어떤 면에선 글쓰기에서 가장 어려운 점이 혼자 해야 하고 그래서 나 자신과의 대화를 꾸며내야 한다는 사실이에요. 이건 본질적으로 자연스럽지 못한 활동이거든요. 저는 사람들에게 말하는 걸 좋아해요. 그래서 은둔자가 되지 않을 수 있는 거죠. 그리고 대화는 내가 무슨 생각을 하고 있는지 알아낼 기회를 주죠. 관객은 추상이기 때문에 관객의 생각을 알고 싶지는 않아요. 하지만 누구든 개인의 생각은 당연히 알고 싶은데, 그건 일대일로 만나야만 가능한 일이죠.°

내가 대화나 인터뷰라는 형식에 깊은 관심을 가지게 된 것은 소설을 쓰고 있기 때문이다. 소설을 쓰기 위해서 대화에 관심을 가지는 것이 아니다. 소설을 쓰고 있기 때문에 대화에 관심을 가지는 것이다. 수전 손택의 말대로 글쓰기는 혼자 하는 일이기 때문에 마음속에 어떤 목소리를 끊임없이 떠올려야 한다. 그게 소설 속 주인공일 때도 있고, 소설을 평가하는 객관적인 평론가가 될 때도 있다. 주변에서 만나는 소설가들이 가끔 미친 것처럼 보이거나 지나치게 멍청해 보일 때가 있을 것이다. 분열증 환자처럼 보일 때도 있을 것이다. 그게 다 이런 이유 때문이다. 길에서 우연히 소설가를 만나면 안쓰러운 마음으

o

° 수전 손택·조너선 콧, 『수전 손택의 말』, 김선형 옮김, 마음산책, 2015, p.16~17

로 등을 토닥여주시길 부탁드린다.

자, 이제 문제로 돌아가보자. (백지연 씨도 대단하다고 생각하지만) 손석희 앵커만큼 인터뷰를 잘하는 사람을 보지 못했다. 손석희 씨의 인터뷰를 보면서 놀라는 점은 대화의 템포를 늘 주도한다는 것이다. 질문을 하다 보면 상대방의 말 없음에 당황할 수도 있고, 상대방의 말 많음에 질릴 수도 있는데 손석희 씨는 언제나 대화의 템포를 조율한다. 나는 그게 말과 말 사이의 빈 공간 때문이라고 생각한다. 손석희 씨가 하는 인터뷰에는 답변과 질문 사이에 빈 공간이 많다. 상대방이 답변을 모두 끝냈는데도 손석희 씨는 즉각적인 반응을 보이지 않는다. '엇, 질문이 다 떨어져서 당황하는 건가?' 싶을 정도로 말을 꺼내지 않는다. 보는 사람이 그 긴장감을 느낀다면, 인터뷰이도 당연히 그 긴장감을 느낄 것이다. '방금 내가 한 말이 불편했나? 무슨 생각을 하는 거지? 다음에는 어떤 질문을 하려고 저러는 거지?' 이런 생각이 들 수밖에 없는 것이다. 인터뷰 중에 생긴 미묘한 긴장감은 말의 수위에서 비롯되는 것이 아니라 빈 공간이나 짧은 탄식, 몸의 동작에서 비롯되는 것이다. 빈 공간 다음에 꺼내는 질문들은 한층 더 날카롭게 느껴지고 정확하게 들린다.

손석희 씨의 인터뷰가 주는 긴장감에는 진지함과 유머의 낙차도 큰 몫을 한다. 찔러도 피 한 방울 나오지 않을 것 같은 말투, 태어나서 한 번도 박장대소를 하지 않았을 것 같은 미소, 단호함을 상징하는 것 같은 얇은 안경테의 손석희 씨가 의외의 유머를 구사할 때 보는 사람도, 인터뷰이도 웃음을 터뜨릴 수밖에 없다. 유머 자체의 완성도도 높지만 손석희 씨가 자아내는 웃음은 긴장이 풀어질 때의 한숨과도 비슷할 때가 많다. 자, 그럼 유머의 관점에서 문제를 풀어보자.

보기 ①은 손석희 씨의 트레이드 마크 같은 대사다. 「100분 토론」

에서 저 말을 들을 때면 얼마나 살 떨렸던지……. ④는 의외로 강력한 유머가 될 수도 있다. 최강 동안 손석희 씨의 입에서 "저는 만으로 60 됐습니다"라는 말이 흘러나오는데 어찌 놀라지 않을 수 있겠고, 어찌 웃지 않을 수 있겠나. ⑤ 역시 「100분 토론」을 패러디한 예시다. 상황을 급박하게 종료하려는 마음과 자신의 나이는 절대 공개하지 않겠다는 굳은 의지가 엿보인다. 가장 적절한 유머를 구사한 ③이 답이 될 수밖에 없겠다.

　나 역시 한석규 씨의 말을 조금은 이해할 수 있을 것 같다. 스무 살 때는 50이라는 나이를 도저히 상상할 수 없었지만, 이제는 조금씩 상상할 수 있다. 아니, 상상이 아니라 바로 코앞에 있다("네, 저는 만으로 46 됐습니다"). 배우라는 직업을 경험해보지는 못했지만 소설가 역시 앞으로의 나이가 궁금해지는 직업이다(창작에 관련된 일을 하는 사람들은 대부분 앞으로의 나이가 궁금해지는 게 아닐까?). 서른 살에 쓴 내 소설과 마흔여섯 살에 쓴 내 소설은 무척 다르다. 패기는 줄어들었지만 여유는 늘어났다. 형식적인 실험은 줄어들었지만 소설의 내용으로 하는 실험은 늘어나고 있다. 문장은 짧아졌고, 사람들의 대화는 부드러워졌다. 앞으로 나는 어떤 소설을 쓸 수 있을까. 힘들고 막막하지만 앞으로 내가 쓸 소설이 기대되기도 한다. 나이만 잘 먹으면 글 같은 건 어찌 되어도 상관없지 않을까. 나이를 잘 먹어야만 글이 좋아지는 것은 아닐까. 『무한화서』에서 읽었던 이성복 시인의 문장이 생각난다.

　　좋은 글은 내가 쓰는 게 아니라, 나를 통해 인생이 쓰는 거예요. 그냥 한마디 툭 던지는 것 같은데, 그 안에 인생 전체가 다 들어 있어요.

　과연 그런 것일까. 좀 더 시간을 버텨보면 알겠지.

3. 재치와 침묵과 웅변과 사생활이 곁들어지는 수상 연설

다음은 예루살렘상을 받은 무라카미 하루키의 수상 연설 중 일부분이다.

> 나는 이스라엘에 와서 예루살렘상과 관련하여 적지 않은 사람들에게 "수상을 거절하는 게 좋겠다"는 충고를 들었습니다. (중략) 오지 않는 것보다 오는 것을 선택했습니다. 외면하기보다 무엇이든 보는 쪽을 선택했습니다. 침묵하기보다는 여러분에게 뭔가 말을 건네는 쪽을 선택했습니다.
>
> 한 가지만 말씀드리겠습니다. 개인적인 메시지입니다. 이것은 내가 소설을 쓸 때 늘 마음속에 염두에 두는 것입니다. 종이에 써서 벽에 붙여놓지는 않았습니다만 늘 마음속에 깊이 새겨져 있습니다. 이런 말입니다.
>
> "혹시 여기에 높고 단단한 벽이 있고, 거기에 부딪쳐서 깨지는 알이 있다면, (문제)."°

다음 중 빈칸에 들어갈 '하루키스러운 문장'은?

① 달걀로 벽을 더럽히는 것으로 나는 만족한다.

② 나는 오늘 저녁 달걀과 함께 두부 부침을 만들어 먹을 것이다.

③ 그건 그렇고, 고양이는 어디로 사라졌는지, 달걀은 어디에서 만들어진 제품인지 문득 궁금해졌다.

④ 나는 늘 그 알의 편에 서겠다.

⑤ 나는 달걀과 함께 벽에 머리를 박겠다.

무라카미 하루키, 『잡문집』, 이영미 옮김, 비채, 2011, p.89~90

2015년에 상을 하나 받게 되었다. 상을 받는다는 건 기쁜 일이지만 부담스러운 일이기도 하다. 그중에서도 수상 소감을 쓰고 말하는 게 가장 부담스러웠다. 대체 무슨 말을 할 것인가. 뻔뻔한 수상 소감을 하기엔 내 멘탈이 너무 약하고, 무작정 겸손한 이야기만 늘어놓자니 스스로가 벌써부터 지루해진다. 이럴 땐 솔직한 게 최선이지만 마음을 솔직하게 표현한다는 게 말처럼 쉬운가.

수상 소식을 들었을 때 내 마음속에서는 서너 가지 감정이 동시에 생겨났다. 첫째가 '내 작품을 알아봐주어 고맙다'는 감정이고, 둘째는 '그럴 만한 작품이 아닌데 상을 받게 되어 송구하다'는 감정이다. 부차적인 감정으로는 '상금을 받을 수 있어 다행이다'와 '시상식 날엔 뭘 입어야 하나' 같은 게 있었고, 마음 구석에는 보일 듯 말 듯 미세한 크기로 '그래, 내가 글은 참 잘 쓰지'라는 자만심도 있었다. 그 모든 감정을 솔직하게 드러낼 수 있는 문장을 쓰는 건 불가능하다. 시상식 전날까지 나는 문장을 이어나가길 못했다. 썼다가 지우길 반복했다. 어떤 문장은 너무 겸손해 보이고, 어떤 문장은 너무 건방져 보이고, 어떤 문장은 나답지 못했다.

책장 앞을 서성거리다가 『아버지의 여행가방』이라는 책을 발견했다. 제목 아래에는 '노벨문학상 수상 연설집'이라는 부제가 붙어 있었다. '그래, 지금 내게 필요한 게 바로 이 책이야!'라는 마음과 '나 따위가 노벨문학상 수상 연설을 참고한다는 게 가당키나 한 일인가!' 싶은 마음이 동시에 들었다. 나는 그 책을 열어보지 말았어야 했다. 책장 앞을 서성거리지도 말았어야 했다. 오래전 그 책을 사지도 말았어야 했다. 수상 소감의 마감은 내 이성을 무너뜨렸고, 나는 다급한 마음에 지푸라기를 잡는 심정으로 노벨상 수상 연설을 움켜쥐었다. 거기에는 오르한 파묵, 귄터 그라스, 오에 겐자부로, 가브리엘 가르시아 마르케스 등 세계적인 작가들의 명연설이 빼곡하게 적혀 있었다. 나는 그 연설문을 읽으면서 감탄하고 절망했다. 서문에 적힌 "연설에 주어진 짧은 시간 동안 작가는 자신의 작품 세계와 작가관을 포함한 정신세계를 보여주고자 하기 때문에, 노벨문학상 수상 작가의 연설을 듣는 것은 그 작가의 모든 작품을 한 번에 읽는 것이라 해도 지나친 표현은 아니다"라는 말을 읽으면서 실감했다.

『아버지의 여행가방』에 실린 작가들의 연설문에는 묘한 공통점이 있었다. 자신의 소박한 경험으로부터 출발해서 시대와 사회를 관통한 다음, 창작에 대한 철학으로 마무리 짓는다는 것이다. 세 가지 과정은 글쓰기의 기본이기도 하다. 내게 글쓰기의 3원칙이 무엇이냐고 물어본다면(노벨문학상 수상자라도 된 것처럼 우쭐거리며 말해보자면), 첫째는 '나'이고, 둘째는 '세계'이고, 셋째는 '나와 세계를 연결시키는 도구'라고 말할 것이다. 나만 있는 글은 좁아서 답답하고, 세계만 있는 글은 멀어서 손에 잡히지 않고, 도구만 있는 글은 재주만 드러나서 진실함이 부족해 보인다.

수상 소감을 빨리 써야 하는데, 나는 글쓰기의 3원칙을 곱씹고 있었다. 나에게는 '나'가 많고, '세상'이 부족해 보였다. 어쩌면 '나'와 '세상'은 있는데, '도구'가 부족했는지도 모르겠다. 아니 전부 부족한데 '도구'만 자꾸 개발하고 있었는지도 모르겠다. 수상 소감을 빨리 써야 하는데, 나는 몇 년 되지도 않는 작가 경력을 되돌아보며 한심한 생각만 거듭하고 있었다. 나는 『아버지의 여행가방』을 열어보지 말았어야 했다. 나는 서둘러서 수상 소감 쓰기를 대충 끝냈다. 아직은 수상 소감으로 할 수 있는 이야기가 많지 않았다. 『아버지의 여행가방』을 마저 읽었다.

시인 비스와바 심보르스카의 수상 연설은 이렇게 시작한다.

> 연설에서는 늘 첫마디가 제일 어렵다고들 합니다. 자, 이미 첫마디는 이렇게 지나갔군요. 하지만 다음 문장도 어렵기는 마찬가지입니다. 세번째, 여섯번째, 열번째, 그리고 마지막 문장에 이를 때까지도 이러한 고민은 계속될 것 같습니다. 왜냐하면 저는 지금 '시(詩)'에 관해 말하려고 하기 때문입니다.°

재치 있지만 묵직한 시작이다. "연설에서는 늘 첫마디가 제일 어렵다고들 합니다. 자, 이미 첫마디는 이렇게 지나갔군요."만 있었다면, 단순한 재치에 지나지 않았을 것이다. "하지만 다음 문장도 어렵기는 마찬가지입니다"가 이어지는 순간, 심보르스카가 어떤 방식으로 말을 하고 싶어 하는지 어렴풋하게나마 이해할 수 있다. 수상 연설은 재치와 침묵과 웅변과 사생활과 철학이 곁들여지는 기묘한 장르다. 때로는 인터뷰보다 더 솔직한 대화가 이뤄지기도 하고, 때로는 아무도 묻지 못할 질문에 대해서 스스로 자문자답하기도 한다. 수상 연설이란 작가에게 가장 솔직한 대화의 형식일지도 모르겠다.

수상 연설을 한 편 한 편 읽어나가면서 세상에는 참 다양한 작가들이 살고 있다는 걸 새삼 되새겼다. 모든 작가들의 연설이 '글쓰기의 3원칙'에 충실했지만, 그 내용들은 천차만별이었다. 경험이 다르고 생각이 다르고 방식이 달랐다. 당연한 이야기 같지만 때로는 참 신기하다.

자, 그럼 문제를 풀어보자. 무라카미 하루키는 어떤 작가일까. 하루키는 독일의 일간지 「디 벨트」가 주는 '벨트 문학상' 수상 연설에서

°
「비스와바 심보르스카의 수상 연설」, 『아버지의 여행가방』, 최성은 옮김, 문학동네, 2009, p.187

이렇게 이야기했다.

"제게 벽은 사람들을 구분하는 것, 하나의 가치관과 다른 가치관을 떼어놓은 것의 상징입니다. 벽은 우리들을 지켜주는 것이기도 합니다. 그러나 우리들을 지키기 위해서는 타자를 배제하지 않으면 안 됩니다. 그것이 벽의 논리입니다. 벽은 결국 다른 논리를 받아들이지 않는 고정된 시스템이 됩니다. 때로는 폭력을 동반해서. 베를린 장벽은 바로 그 전형이었습니다."

두 개의 연설문에서 무라카미 하루키의 '벽'에 대한 생각을 엿볼 수 있다. 세계는 거대한 벽이고, 우리는 벽에 던져지는 달걀들이다. 벽 사이에 끼여 있는 달걀들이다. 언제 깨질지 모르는 달걀들이다. 하루키는 달걀인 우리를 이해하려고 노력한다. 답은 당연히 ④이다.

4. 휴대전화를 잠시 꺼둔 채 읽는 대화

폴 오스터와 J. M. 쿳시의 서간집 『디어 존, 디어 폴』에는 (편지 역시 일종의 대화라고 생각한다면) 이런 대화가 등장한다.

> 한 사람의 허구의 세계에 휴대전화가 있는지 없는지는 사소한 문제가 아닐 것 같습니다. 왜냐고요? 과거와 현재, 소설의 역학 중 상당수가 등장인물들에게 정보를 이용할 수 있게 만들어 준다든가, 그들이 정보를 이용하지 못하게 한다든가, 사람들을 같은 방에 모이게 하거나 떨어져 있게 하는 것으로 시작되기 때문이지요. 갑자기 모두가 서로에게 접근할 수 있게 된다면 — 말하자면 전자 기기로 접속한다면 — 극적 구성은 다 어떻게 될까요? 이미 영화에서는, 왜 인물 A가 인물 B에게 말하지 못하는지를 설명하기 위해 온갖 종류의 틀에 박힌 구성 방식들이 적용되는 것을 익숙하게 봅니다(택시에 전화기를 놓고 내렸다든가, 산에 가로막혀 전화기 전파가 잘 안 잡힌다든가). 그런데 이제는 특수한 상황이 아니고서는 A가 항상 B와 연락을 취할 수 있다는 것이 당연하게 되어 버렸습니다.
>
> 모두가 언제나 다른 모두에게 연락을 취할 수 있습니다. 그러니 이제 내일의 소설에서는 특정 허구의 세계에서 모두가 다른 모두에게 연락을 취할 수 없다면, 그 허구의 세계는 과거에 속한다는 규범이 생기게 될까요(정말로, 오늘도 그렇고요)?
>
> — J. M. 쿳시가 폴 오스터에게 보낸 2011년 3월 14일의 편지 중에서

저 또한 노트북(영화 대본을 작업하느라 사용했던)을 저버리기는

했지만, 제가 21세기에 쓴 다른 소설에는 컴퓨터와 인터넷이 나온 적이 있습니다. 저는 현실주의자니까요! 지나간 옛날을 그리워할 때도 있고(음반 가게, 대궐 같던 영화관, 어디서나 허용되었던 흡연), 저녁 식사를 함께하던 친구들이 갑자기 말을 끊고 다들 자기 휴대전화를 들여다보고 있을 때면 울적해지기도 하지만, 이 경이로운 도구에 대한 제 감정이 아무리 복합적일지라도 — 사람들을 한데 모으기 위해서 만들어졌지만 실은 종종 사람들을 따로 떼어 놓는 — 지금 세상이 살아가는 방식이 이것이고, 저로서는 대범한 척하고 받아들이는 수밖에 없다는 것을 잘 알고 있습니다. (중략) 모두가 다른 모두에게 연락할 수 있다고 말씀하셨습니다. 어떤 의미에서는 사실입니다. (중략) 이 새로운 시스템에는 많은 이점이 있습니다(특히 응급 사태나 사고가 터졌을 경우). 하지만 불리한 점 또한 만만치 않지요(은밀한 불륜 관계들의 경우). 그러나 영화에 관해서는 휴대전화 덕분에 한 단계 진보가 이루어졌다는 느낌이 듭니다. (문제).

— 폴 오스터가 J. M. 쿳시에게 보낸 2011년 3월 28일의 편지 중에서°

°
폴 오스터, J. M. 쿳시, 『디어 존, 디어 폴』, 송은주 옮김, 열린책들, 2016, p.295~296, p.300~302

빈칸에 어울리는 말을 골라보자.

① 휴대전화로 촬영한 영상이 사건에 중요한 단서를 제공하는 경우가 꽤 많으니까요.

② 문자 메시지는 영화의 플롯을 바꿀 수 있습니다. 영화에 휴대전화 영상을 삽입하면 화면의 톤을 바꿀 수 있습니다.

③ 휴대전화로 영상을 보는 세대들 덕분에 감독들은 더욱 화면에 민감하게 되었으니까요.

④ 이제는 아무도 담배를 피울 수 없으니까, 휴대전화가 배우들 손에 뭔가 할 거리를 주지요.

⑤ 영상 기술은 휴대전화 덕분에 더욱 발전하게 됐습니다. 이제는 휴대전화로도 HD 화면을 볼 수 있으니까요.

미국 드라마 「하우스 오브 카드」에서 내가 가장 좋아하는 장면은 시즌 2의 마지막 회에 등장한다(워낙 많은 사람들이 본 작품이니 짤막한 스포일러는 괜찮겠지?). 대통령에게 회심의 일격을 가하기 위한 편지를 쓰던 프랜시스 언더우드는 만년필을 내려놓고 벽장 속에 있던 타자기를 꺼낸다(언더우드 타자기다!). 프랜시스는 적의 심장에 칼을 내리꽂듯 타자기로 거짓된 고백을 찍어낸다. 종이 위에 찍힌 글자들은 모두 거짓말이지만, 거짓말로 된 단어들이어서 강력하다. 어린 시절 아버지와의 끔찍한 추억들까지 꺼낸 프랜시스는 결국 대통령을 굴복시킨다. 만년필이 아닌 타자기로만 가능한 전략이었다는 생각이 든다.

손으로 쓴 글씨는 친근해 보이지만 타자기로 쓴 글씨는 어딘지 모르게 엄격해 보인다. 컴퓨터로 쓴 글을 프린트한 것과도 느낌이 다르다. 타자기로 쓴 글에서는 한 글자 한 글자 직접 '때려 박아' 넣은 게 느껴진다. 타자기 마니아인 소설가 폴 오스터는 자신의 책 『타자기를 치켜세움』에서 이렇게 적었다.

나는 조용한 올림피아 타자기가 더 좋았다. 그 타자기는 터치 감이 좋았고 다루기에 수월했고 믿을 수가 있었다. 그리고 내가 키보드를 두드리지 않을 때면 아무 소리도 내지 않았다.

오래되어 낡고 시대에 뒤처진 고물, 기억으로부터 빠르게 사라져가는 시대의 유물인 이 타자기는 내게서 떠난 적이 없었다. 우리가 함께 지낸 9천4백 일을 돌이켜 보는 동안에도, 이놈은 지금 내 앞에 앉아서 오래되고 귀에 익은 음악을 토닥토닥 내보낸다. 주말 동안 우리는 코네티컷에 와 있다. 여름이다. 그리고 창문 밖의 아침은 따갑고 푸르고 아름답다. 지금 타자기는 주방 식탁 위에 있고 내 손은 그 타자기에 놓여 있다. 한 글자 한 글자씩, 나는 그 타자기가 이런 단어들을 치는 것을 지켜보았다.°

폴 오스터는 마치 타자기가 살아 있는 생명체인 것처럼 묘사한다. 자신이 글을 쓰는 것이 아니라 타자기가 쓰는 것을 지켜보는 것처럼 묘사한다. 타자기의 구조를 보면 그런 생각이 들 법도 하다. 가지런히 정렬된 키보드는 동물의 이빨 같고, 문자를 품고 있는 글쇠들은 출격을 기다리고 있는 박쥐 군단 같다. 키보드에 손을 얹고 있으면 강렬한 긴장감이 온몸으로 전해온다.

요즘은 거의 타자기를 쓰지 않는다. 연필이나 펜으로 쓰는 작가, 컴퓨터를 사용하는 작가는 많지만 타자기를 사용한다는 작가는, 적어도 내 주변에는 없다. 타자기가 역사 속으로 사라지게 된 결정적인 이유는 컴퓨터의 발전 때문이었을까? 내 생각엔 타자기가 '지나치게 존재감이 강했기 때문'이다. 타자기는 인쇄소 앞에서 글을 쓰는 것 같은 기분이 든다. 자신의 글이 책으로 출판될 수 있음을 시각적으로 볼 수 있다. 타자기를 쓰기 위해서는 그 압박감을 견뎌야 한다. 소설가 이언 매큐언은 타자기에서 컴퓨터로 옮겨 가며 이런 말을 했다.

1980년대 중반에 저는 다행스럽게도 컴퓨터로 소설을 쓰기 시작했습니다. 워드프로세싱은 내면적이어서 생각하는 것 그 자체에 더 가까웠어요. 돌이켜보면 타자기는 엄청난 기계적 방해물이었던 것 같아요. 저는 컴퓨터 메모리에 저장된 인쇄되지 않은 자료의 잠정

°
폴 오스터, 『타자기를 치켜세움』, 황보석 옮김, 열린책들, 2003, p. 15, p. 57

적인 상태를 좋아합니다. 마치 아직 말하지 않은 생각처럼 말이에요. 저는 문장이나 문단이 끊임없이 수정되는 방식을 좋아합니다. 그리고 믿을 만한 기계가 당신이 적어놓은 사소한 것들까지 모두 기억해서 알려주는 그런 방식을 좋아합니다. 물론 이 기계는 부루퉁해져서 작동을 멈추기도 하지요.°

두 소설가의 상반된 견해다. 폴 오스터의 작품 세계와 이언 매큐언의 작품 세계를 비교해보면 타자기와 컴퓨터의 차이를 확실히 느낄 수 있다.

타자기나 컴퓨터만큼 소설에 깊은 영향을 끼친 것이 휴대전화다. J. M. 쿳시와 폴 오스터는 휴대전화 때문에 소설 쓰기가 얼마나 힘들어졌는지 편지에 적고 있다. 이야기를 만드는 사람이라면 누구나 한번쯤 겪어보았을 고뇌다. 지금은 플롯을 짜기가 힘든 시대다. 어디에나 CCTV가 있기 때문에 목격자가 없는 이야기를 만들어내기 힘들다. 어디에나 휴대전화가 있기 때문에 소식을 뒤늦게 전할 방법이 없다. 휴대전화가 꺼져 있거나 갑자기 망가지거나 통화가 불가능한 지역으로 주인공을 보낼 수밖에 없다. 사람들은 이야기를 읽거나 영화를 보다가 조금이라도 말이 안 되는 장면이 등장하면 "저게 뭐야, 그냥 전화하면 되잖아"라고 외칠 것이다.

셰익스피어가 타임머신을 타고 2017년에 떨어진다면 어떤 일이 생길까. 창작의 고통 때문에 머리카락을 쥐어뜯다 죽지 않을까? 로미오와 줄리엣은 문자를 주고받으면서 서로의 죽음을 막을 수 있지 않았을까. 햄릿은 휴대전화로 구글에서 죽어야 할지 살아야 할지를 검색

°
파리 리뷰 인터뷰, 『작가란 무엇인가 1』, 김진아·권승혁 옮김, 다른, 2014, p.205

하다 결국 칼을 쥐지 않았을 가능성이 크다. 셰익스피어의 모든 이야기가 엉망진창으로 끝나게 될 것이다.

휴대전화를 이야기 속으로 끌어들이는 시도는 점점 늘어나고 있다. 휴대전화에 장착된 GPS를 통해 적들의 위치를 쉽게 알아낼 수 있으므로 이야기의 부피를 단축시킬 수 있고, 중요한 정보를 재빨리 전달하여 손쉬운 반전의 효과를 일으킬 수도 있다. 그리스의 승리를 전하기 위해 마라톤에서 아테네까지 42.195킬로미터를 달려가야 할 일은 없어졌으며, 단순한 착각이나 오해 때문에 두 사람의 운명이 영원히 엇갈릴 확률도 거의 없어졌다. 문명을 거스를 수는 없지만, 폴 오스터가 타자기를 좋아하는 것처럼 나 역시 휴대전화가 등장하지 않는 소설을 좋아한다. 주인공이 모든 연락을 끊고 잠적하는 이야기, 망망대해에 남겨져 아무런 연락도 하지 못하는 이야기, 고립되어 수년 동안의 일을 알지 못한 채 살아남는 이야기를 좋아한다.

편지를 주고받는 것도 휴대전화가 없는 세상의 이야기와 비슷하다. 대화는 즉각적이지 않다. 한 사람이 긴 이야기를 풀어놓으면 반대편에 있는 사람이 그 이야기를 모두 듣고 난 다음 자신의 이야기를 시작해야 한다. 이런 식의 대화를 나눠본 적이 얼마나 오래됐던가. 우리는 빨리 반응하고, 짤막하게 대화하고, 쉽게 결론짓는다. 편지로는 그럴 수가 없다. 『디어 존, 디어 폴』을 읽고 있으면 어느 순간 휴대전화가 없는 시절로 돌아가는 듯한 느낌이 들 때가 있다. 휴대전화를 잠시 꺼둔 채 나머지 부분을 읽어야겠다.

이제 정답을 풀어보자. 문제가 워낙 길어서 읽기도 쉽지 않았겠지만 답은 ④이다. 폴 오스터의 이런 유머를 좋아한다. 하긴, 텔레비전 드라마만 보더라도 모든 배우들이 휴대전화를 들고 연기한다. 제품을 홍보하려는 이유인 줄 알았더니, 담배를 필 수 없어서 그랬던 거였군.

5. 만약으로 시작해서 체험으로 끝나는 이야기

다음은 「로마의 휴일」(1953)의 시나리오 작가 달튼 트럼보의 삶을 다룬 영화 「트럼보」(2015)에 등장하는 대화이다.

(잘나가던 시나리오 작가 트럼보와 하이드는 정치적 스캔들에 휘말리게 되고, 저예산 영화의 시나리오를 가명으로 쓸 수밖에 없는 처지가 되었다. 외계인의 아이를 임신하게 된 소녀에 관한 시나리오 회의를 하던 두 사람은 자신이 진짜 쓰고 싶은 작품들에 대해 얘기하는데…….)

트럼보 : 계속 머릿속에서 떠나지 않는 이야기가 있어.

하이드 : 어떤 이야기인데?

트럼보 : 몇 가지 있지. 하나는 계속 맴돌아. 전에 클레오와 멕시코에 가서 투우를 보는데 소가 죽은 거야. 수천 명이 들떠서 환호했지만 셋만 그러질 못했어. 클레오와 나와…… 어떤 소년인데 걔는 경기장 펜스에서 울고 있었지. 그 이유가 늘 궁금했어.

하이드 : (문제)°

빈칸에 알맞은 대화를 골라보자.

① 자네가 궁금하다면 내가 가서 조사해오지.

② 그 아이가 길렀던 황소겠지. 당연한 얘기 아닌가.

③ 글로 써보면 알겠지.

④ 우리가 그걸 같이 써보면 어떻겠나?

⑤ 좋아, 그 소년을 외계인을 임신한 소녀와 결혼시키자고.

°
그린나래미디어(주) 제공, 황석희 번역

영화 「트럼보」를 보고 나면 타자기를 연주하고 싶어진다. 트럼보는 타자기를 치는 게 아니라 연주하는 것 같다. 잔뜩 웅크린 채 손가락으로 자판을 두드리고, 잠시 쉬었다가 다시 간절하게 자판을 누른다. 지금도 귓속에서 타자기 소리가 어른거린다. 피아노 치던 글렌 굴드의 뒷모습을 보는 것 같았다. 트럼보의 집 밖으로는 끊임없이 타자기 소리가 흘러나왔다.

「트럼보」는 글을 쓰고 싶게 만드는 영화다. 매카시즘의 광풍 때문에 무려 11개의 가명을 써가며 시나리오를 완성했던 달튼 트럼보의 이력 때문일 수도 있고, 탁자와 소파와 욕조 등 때와 장소를 가리지 않고 글을 쓰는 그의 열정 때문일 수도 있다. 딸의 생일에 욕조에 틀어박혀 글을 쓰고 있는 모습을 보고 있노라면 '저렇게까지 해야 하나' 싶다가도 너덜너덜해진 시나리오를 매만지면서 다음 대사를 생각하는 트럼보의 모습과 맞닥뜨리면, 글 쓰는 게 저렇게 재미있는 작업이었다는 사실을 새삼 깨닫는다. 소설이나 시나리오를 써본 사람은 알 것이다. 방을 서성거리며 주인공의 다음 대사를 떠올릴 때의 긴장감과 짜릿함을.

달튼 트럼보와 아렌 하이드가 상의하면서 시나리오를 만들어가는 장면은 글 쓰는 사람들에게 여러모로 도움이 될 만하다. 이 장면에는 '글쓰기의 첫 단추는 어떻게 꿰는가?'라는 고전적인 질문의 답변이 담겨 있다. 아렌 하이드는 외계인이 등장하는 시나리오를 써오라는 요청을 듣고는 외계인이 농장 소녀에게 노동법에 대해서 떠들어대는 작품을 써간다. 당연히 영화사 대표에게 퇴짜를 맞는다. 트럼보와 하이드는 외계인이 농장 소녀를 임신시키는 내용으로 이야기를 바꿔나간다.

이야기를 시작하는 방법은 두 가지다. 첫째는, '만약'으로 시작하는 설정이다. 만약 외계인이 지구에서 노동자로 살아가야 한다면? 외계인이 농장의 소녀를 임신시켰다면? 아이들이 외계인을 농장에 숨겨주었다면? 러시아의 연출가이자 배우인 스타니슬랍스키는 이 방법을 '마법의 만약'이라고 불렀다. 스타니슬랍스키는 '만약'이라는 마술을 연기자에게 적용하는 경우가 많았지만 글을 쓰는 작가에게도 '만약'은 만병통치약과도 같다. 만약은 모든 것을 가능하게 한다. 사람이 우주를 날게 만들 수도 있고, 사람이 개미보다 작아질 수도 있다. 만약에 만약이 없었더라면, 수많은 작가들이 글을 시작할 수도 없었을 것이다.

두 번째 방법은, '체험'이다. 체험은 단순히 어떤 일을 겪어보는 것만을 의미하는 게 아니다. 체험은 풍경 속으로 직접 뛰어드는 일이기도 하다. 이쯤에서 문제의 답을 미리 밝혀야겠다. 하이드는 트럼보에게 이렇게 말한다.

"글로 써보면 알겠지."

작가라면 반드시 기억해야 할 말이 아닌가 싶다. 어떤 이야기든 말로는 모든 걸 설명할 수 없다. 써보면 알게 된다. 뒤집어 말하면, 써보지 않고는 아무것도 단정할 수 없는 법이다. 주인공은 왜 배신을 할수밖에 없는지, 왜 사람을 죽일 수밖에 없었는지, 어째서 이 이야기는 해피엔딩으로 끝날 수 없는지, 써보면 알게 된다.

작가는 '만약'과 '체험'이라는 두 가지 날개를 달고 글을 쓴다. 만약이 없는 체험은 퍽퍽한 닭가슴살 같은 이야기가 될 것이고, 체험이 없는 만약은 '앙꼬 없는 찐빵'의 맛일 것이다. 두 마리의 토끼를 잘 구슬려 한 방향으로 몰고 갈 때 이야기의 맛이 살아난다. 같은 방향으로 몰기 힘들면 두 마리의 토끼를 싸움 붙인 다음, 둘 다 힘이 빠졌을 때 잡아채기라도 해야 한다.

좋은 이야기의 특징은 '만약'과 '체험'이 겉으로는 잘 보이지 않는다는 점이다. '만약'으로 시작했지만 '만약'이 끝까지 살아남으면 안 된다. 이야기의 어느 지점에서는 만약을 죽여야 한다. 혹은 만약을 넘어서야 한다. '만약 지구를 향해 거대한 혜성이 날아들고 있다면?'이라는 이야기를 풀어나갈 때, 중요한 것은 지구와 혜성이 아니라 지구에서 살고 있는 사람들일 것이다.

예술 영역

(제 2 교시)　　　성명 [　　　　　　　]

1. 그림은 자신을 표현하는 또 다른 목소리와 같습니다

무라카미 하루키의 책에 그림을 자주 그렸던 안자이 미즈마루의 책
『안자이 미즈마루』에 나오는 내용이다. 무라카미 하루키와 안자이 미
즈마루가 대화를 나눈다.

> **무라카미 하루키** : 두꺼운 그림은 표지에는 어울리지 않더군요. 그
> 렇다고 얇아서 좋은 것도 전혀 아니고.
>
> **사회자** : 심리적인 의미인가요, 두껍다는 것은?
>
> **무라카미 하루키** : 시각적으로 두꺼운 겁니다. 봐서 두껍다는 것
> 은. 내용과 상반되는 요소가 있는 그림은 안 돼
> 요. 공통점은 없어도 되지만, 상반되면 안 되죠.
> 연대하지 않아도 되지만, 서로 물리치는 부분이
> 있으면요, 책이 죽어버리거든요. 그래서 그리는
> 사람은 역시 일종의 번뜩임 같은 게 있어야 할
> 것 같아요. 그림을 몇 가지 내놓고 이 중에서 골

라 쓰라고 하면 망설이게 되죠. 이게 괜찮나, 저
게 괜찮을까, 이러면 안 돼요. 딱 이거다, 라고
생각되는 게 있어야지.

안자이 미즈마루 : 왜일까요. 옛날에는 표지가 기가 막히게 좋은
게 많았던 것 같은데 말이죠. 어쩌면 섣불리 디
자인을 겉으로 내세우려 하지 않고, 그 작가의
표지를 만들겠다는 생각에만 충실했기 때문이
지 않을까요.

무라카미 하루키 : 음, 난요, 그림이란 (문제) 같다고 생각해요.°

빈칸에 알맞은 대화를 골라보자.

① 화장

② 족자

③ 발판

④ 목소리

⑤ 음식

°
안자이 미즈마루, 『안자이 미즈마루』, 권남희 옮김, 씨네21북스, 2015, p. 133~135

2011년에 일본의 '쿠온'이라는 출판사에서 나의 두 번째 소설집 『악기들의 도서관』이 번역, 출판됐다. 책을 받아 들었을 때가 지금도 기억난다. 표지에 그려진 정갈한 그림을 넋 놓고 바라보았다. 첼로를 그린 것인지 바이올린을 그린 것인지 분명하지 않았지만, 무엇을 그린 것이든 상관없었다. 푸른빛을 띤 그림에서 어떤 소리가 흘러나오고 있었다. 한국판 표지가 라디오에서 흘러나오는 소리를 묘사한 그림 같다면, 일본판 표지는 오래된 스피커에서 흘러나오는 소리를 잡아챈 장면 같았다. 일본에서 내 책이 얼마나 팔리든 아름다운 책을 한 권 덤으로 가지게 된 게 기분 좋았다.

2016년에는 일본국제교류기금의 행사로 일본의 유명 일러스트레이터(이자 내 책을 디자인한 바로 그) '요리후지 분페이' 씨를 도쿄에서 만나고 왔다(표지 그림을 그린 사람은 사무실의 다른 직원이었지만 전체 기획은 요리후지 분페이 씨가 한 것이었다). 소설가와 일러스트레이터가 만나서 대체 무슨 이야기를 할 수 있을까 걱정이 많았는데, 요리후지 분페이 씨가 대담 전에 보낸 편지를 보고 안도의 한숨을 내쉬었다. 거기에는 내 소설에 대한 짧은 감상이 적혀 있었다.

"『악기들의 도서관』을 읽고 있으면 마음이 차분해집니다. 재미있는 내용의 이야기가 아니어도 읽다 보면 왠지 상쾌한 기분이 됩니다. 현실 도피나 흥분을 진정시킨다는 의미는 아닙니다. 말로 설명하기 힘들지만, '저라는 존재가 대체로 올바른 위치에 있다'는 직감 같은 것입니다. 그 직감은 읽고 있는 문장과 관계없는 곳에서 나타나 다 읽은 후에도 지속됩니다."

분페이 씨의 저 문장이 좋아서 소리 내어 읽어보기도 했다. '저라는 존재가 대체로 올바른 위치에 있다.' 분페이 씨의 감상이 내 마음을 움직였다. 소설을 쓸 때의 내 마음도 그러지 않았나 싶다. 대체로 올바른 위치에 있는 사람들이 서로 간섭하지 않으면서 각자의 소리를 내는 소설을 쓰고 싶었던 것 같다. 분페이 씨가 편지를 보낸 것은 일본 국제교류기금의 기획이었지만, 나는 펜팔 친구를 새로 사귄 것처럼 들떠서 답장을 보냈다. "제가 본 요리후지 분페이 씨의 작품 역시 그 물체가 있어야 할 자리를 제대로 표현하고 있다는 느낌을 받았습니다"라고 적었다.

일본판의 표지를 보면서 하루키가 말했던 '얇지도 않고 두껍지도 않은' 시각적 두께를 느낄 수 있었다. 서점에 깔린 책들의 표지를 보면서 뭔가 아쉽다는 생각이 들 때, 그 이유를 제대로 설명하기 힘들었는데 바로 그 두께 때문이었다. 어떤 책은 일러스트레이터의 흔적이 강하게 드러나서 책의 분위기를 해친다. 어떤 표지는 책의 내용을 이해하지 못한 듯한 그림 때문에 도무지 읽을 맛이 나질 않는다. 어떤 책은 그림이 두꺼워서 책의 내용이 잘 보이지 않고, 어떤 책은 그림이 얇아서 마치 표지가 없는 것처럼 책이 앙상해 보인다는 뜻일 것이다.

도쿄에서 요리후지 분페이 씨와 대담을 하기 전에 그의 사무실을 방문했다. 사무실에 들어갔을 때 가장 인상적이었던 것은 커다란 나무 책상이었다. 디자인 사무실을 떠올리면 제일 먼저 떠오르는(이것은 나의 편견일 수도 있겠지만) '매킨토시 컴퓨터'는 사무실 구석에 숨어 있었다. 컴퓨터보다는 널찍한 책상이 더 좋은 자리를 차지하고 있었고, 마우스보다는 펜과 잉크가 잘 보이는 곳에 자리 잡고 있었다. 자세히 보니 널찍한 책상은 여러 개의 책상을 붙여놓은 것이었다. 일의 종류에 따라, 일의 규모에 따라, 책상은 변신 로봇처럼 합체되었다가 분해된다. 요리후지 분페이 씨와 직원들은 커다란 책상에서 종이를 만지며 그림을 그렸다. 마치 초등학교의 미술 시간처럼 보이기도 했다.

요리후지 분페이 씨는 사무실을 차리면 꼭 이런 공간을 만들겠다는 꿈이 있었다고 한다. 컴퓨터보다는 손을 이용하고, 모니터보다 종이를 들여다보는 작업을 우선시하고 싶었다. 드디어 사무실을 차리고 공간을 만들었지만 공간을 이용할 시간이 없었다. 바쁜 일이 먼저였다. 바쁜 일은 컴퓨터를 사용해야 했다. 느긋하게 앉아서 연필과 펜으로 그림을 그릴 여유가 없었다. 사무실이 안정되고 나서야 널찍한 책상이 있는 방을 제대로 이용할 수 있었고, 컴퓨터보다 종이와 펜을 좋은 자리에 놓아둘 수 있었다. 이제는 아무리 바쁜 일이 있어도 우선권이 바뀌지는 않는다.

요리후지 분페이 씨가 겪었던 일은 매일 우리가 겪는 일이기도 하다. 훗날 있을 안정을 위해 지금 허리띠를 졸라매는 사람들이 많을 것이다. 지금은 제정신을 차리기 힘들 정도로 바쁘더라도 언젠가 자신만의 꿈을 펼칠 시기가 올 것이라 믿는 사람이 많을 것이다. 요리후지 분페이 씨는 그렇게 말했다. 계속 그렇게 살다가 느린 시간으로 돌아오지 못할 것 같다는 위기감을 느꼈다고 했다. 언제 멈춰야 하는지를 깨닫는 것은 무척 어려운 일이다. 반환점에서 되돌아올 힘을 아껴두면서 최선을 다해 달리기란 힘든 일이다. 우리의 반환점이 언제인지, 우리는 알 수 없다.

요리후지 분페이 씨는 일본에서 무척 유명한 일러스트레이터라고 한다. 한국에서도 '도쿄 메트로의 매너 포스터'로 유명하다. 매너 포스터는 지하철에서 민폐를 끼치는 다양한 사람들의 이야기를 그린 것인데 그 시각이 무척 놀랍다. '하지 말라'는 말은 쓰지 않는다. 헤드폰을 낀 채 큰 소리로 음악을 듣는 남자의 밑에는 이렇게 적혀 있다. "집에서 하자 — 차내에서 소리가 들리는 것을 삼가주세요." 휴대전화를 얼굴과 어깨 사이에 끼고 수첩에다 메모하는 남자의 그림 밑에

는 이렇게 적혀 있다. "회사에서 하자 — 매너 모드로 설정하고 통화
는 자제해주세요." 닫히려는 지하철 문으로 다이빙하는 남자를 그린
그림 아래에는 이렇게 적혀 있다. "바다에서 하자 — 문이 닫힐 때 급
하게 뛰어드는 것은 위험합니다." 사람들에게 민폐를 끼치는 이런 사
례들이 무조건 잘못된 행동이 아니라 제 위치에 있지 않아서 적절하
지 못한 행동이라는 얘기다. 이렇게 마음이 따뜻한 홍보물을 보고 있
으면 기분이 좋아진다.

　한국에도 번역된 요리후지 분페이 씨의 『낙서 마스터』에는 이런 작
가의 말이 있다.

　　사소한 발견을 하거나 딱 들어맞는 이야기를 떠오르게 하는 것.
　　타인의 기분을 읽거나 사물을 다양한 각도에서 보면서, 지식과 경
　　험에 추측을 더하여 하나의 생각으로 정리하는 것.
　　지금까지 이야기한 낙서법은 남들과 이야기하거나 무언가를 생각
　　할 때 이미 누구나 하고 있는 것입니다.
　　그림은 자신을 표현하는 또 다른 목소리와도 같습니다.°

　『악기들의 도서관』 일본판 표지를 보면서 느꼈던 나의 감상과 일치
하는 글이었다. 그림은 목소리와 같다. 그림을 보고 있으면 어떤 소리,
어떤 목소리가 들려오는 것 같다.

　무라카미 하루키가 생각하는 그림은 족자였다. 답은 ②. 무라카미
하루키의 덧붙이는 말은 이렇다.

°
요리후지 분페이, 『낙서 마스터』, 장은주 옮김, 디자인이음, 2011, p.171

그림이란 족자 같다고 생각해요. 손님이 오면 방을 군더더기 없이 깨끗하게 치워놓고 맞이하잖아요. 그렇지만 도코노마(다다미방 벽면에 만들어둔 공간으로 족자를 걸고 화병이나 장식품을 올려둔다—옮긴이)에 아무것도 없으면 허전하겠죠. 그래서 손님에게 어울리는 족자를 하나 갖다 걸면 꽉 찬 느낌이 들잖아요. 무색에다 단순한 느낌이 드는 도코노마에 쓱 들어오는 기운 같은 것 있죠? 비교적 그런 기운으로 그림을 고릅니다.°

너무 두껍지도 않고, 너무 얇지도 않은 것. 무엇을 만들든 그 두께가 중요하다. 두꺼우면 시야를 가로막고, 얇으면 앙상해진다.

°
안자이 미즈마루, 『안자이 미즈마루』, 권남희 옮김, 씨네21북스, 2015, p.135

2. 작업실의 먼지를 모아서 그림을 그리는 화가가 있습니다

20세기 회화 역사에서 가장 강렬한 인상을 남긴 화가 프랜시스 베이컨은 대화를 좋아하는 사람이었다. 그는 우정을 이렇게 설명했다. "두 사람이 진정으로 서로를 혹평하면서 그것을 통해 상대방으로부터 무언가를 배울 수 있는 것." 우정을 쌓기가 쉽지 않겠다. 다음은 프랜시스 베이컨과 25년 동안 수많은 인터뷰를 했던 데이비드 실베스터와의 대화다.

> **실베스터** : 당신은 보는 사람이 작품을 자유롭게 해석하는 것을 좋아합니다. 때로 사람들의 아주 형편없는 오해가 거슬리지는 않습니까?
>
> **베이컨** : 나는 오독에 화가 나지는 않습니다. 그러기 마련이라는 것을 이해하기 때문입니다. 그러니까 내 말은, 사람들은 자신이 바라는 대로 작품을 해석할 수 있다는 뜻입니다. 나조차도 내가 한 작업의 상당 부분을 해석하지 못합니다. 이렇게 말한다고 해서 내가 영감을 받았다고 생각한다고 여기지 않기를 바랍니다. 나는 그저 내가 보기에 좋은 것을 그릴 뿐입니다. 하지만 그것에 대한 해석을 시도하지는 않습니다. 궁극적으로 나는 무언가를 **말하려고** 하는 것이 아니라 무언가를 **하려고** 하는 것입니다. 또한 내가 그림을 그리기 시작했을 때 누군가가 내 작품을 구입하리라고는 전혀 기대하지 않았습니다. 나는 나 자신의 흥분을 위해 그림을 그렸고 생계를 유지하려면 다른 일을 해야 할 거라고 늘 생각했습니다. 때문에 나는 그림

이 판매될 정도로 점점 운이 좋아져서 작품 활동으로 생활할 수 있게 되었어도 다른 사람들이 내 작품에 대해 어떻게 생각하는지에 대해서는 여전히 무관심합니다.

실베스터 : 정말로 보는 사람을 전혀 고려하지 않고 그림을 그립니까?

베이컨 : 나는 나 자신을 위해 그림을 그립니다. 그것 말고 달리 무엇을 위해 그림을 그리겠습니까? 보는 사람을 위한 작업은 어떻게 할 수 있는 겁니까? 보는 사람이 원하는 것이 무엇일지 상상하는 겁니까? 나는 나 말고는 그 누구도 흥분시키지 못합니다. 그래서 때로 다른 사람이 내 작품을 좋아해주면 나는 언제나 놀랍니다. 내가 몰두하는 일을 통해 생활을 할 수 있어서 나는 아주 운이 좋은 사람이라고 생각합니다. 그것이 사람들이 말하는 행운이라면 말입니다.

실베스터 : 그런 입장이라면 주문받은 초상화는 거의 그리지 않겠군요.

베이컨 : 네, 자주 그리지는 않습니다. 왜냐하면 (문제).°

°
데이비드 실베스터, 『나는 왜 정육점의 고기가 아닌가?』, 주은정 옮김, 디자인하우스, 2015, p.43~44

빈칸에·알맞은 대화를 골라보자.

① 대부분의 사람들은 초상화를 통해 돋보이기를 원하기 때문입니다.

② 대부분의 사람들은 완성된 초상화를 받고도 돈을 지불하지 않기 때문입니다.

③ 몇몇 사람들은 초상화를 그릴 만큼 아름답지 않기 때문입니다.

④ 몇몇 사람들은 초상화가 완성된 다음 자신의 사진과 그림을 비교하기 때문입니다.

⑤ 초상화를 그려달라고 부탁하는 사람 중에는 제가 싫어하는 부류의 인간들이 많기 때문입니다.

문제 해설

음악가나 화가의 인터뷰를 볼 때마다 대단하다는 생각이 든다. 언어 너머에 있는 예술 작품을 만들어내고, 그걸 다시 말로 설명해내는 장면을 보고 있으면 감탄이 절로 나온다. 추상적인 듯하지만 구체적이고, 뜬구름 잡는 듯하지만 땅 위에 굳건하게 발을 딛고 있는 언어들이다. 음악이나 그림에 대한 이야기는 아니지만 오에 겐자부로는 『오에 겐자부로, 작가 자신을 말하다』에서 언어와 언어 너머의 것들을 설명한 적이 있다.

"무엇인가를 언어로 표현해버리면 아무래도 현실에 있는 '진실'과는 어긋나버리지요. 그러나 우리는 언어를 매개로 어떻게든 '진실'을 향해 돌진해가지 않으면 안 됩니다."

음악에 감동하고 그림에 감동한 사람들이 작가의 말에 귀를 기울이는 것도 그런 이유 때문일 것이다. 어떤 예술의 길을 추구하든 어떤 작업을 지속하든 인간의 모든 행동들은 '언어를 매개로' 설명해야 한다. 음악과 그림을 감상하는 데는 언어가 필요 없다. 작가는 언어로 설명해주지 않아도 된다. 그렇지만 우리는 음악과 그림으로 얻은 감동을 언어로 번역하고 싶어 한다. 언어야말로 가장 인간적인 것이기 때문이다. 진실이라는 것은 찾지 못하겠지만, '진실을 향해 돌진'해야 한다. 언어는 불분명하고 불충분하지만, 오히려 그 때문에 돌진할 수 있는 좋은 수단이기도 하다. 인간은 충분하지 못한 언어로 사유했기 때문에 조금이라도 나은 존재가 됐다.

말은 글보다 자주 오해를 불러일으킨다. 글의 경우에는 문장과 문장 사이의 세세한 논리가 내용을 뒷받침해주지만, 그래서 오해의 소지가 적지만, 말의 경우에는 굵직한 논리만 부각된다. 사람들은 자신들의 머릿속에서 듣고 있는 말을 재구성한다. 다르게 알아듣는다. 말과 글 사이에, 인간의 숙명이 있다. 대화를 하지만 책을 읽지 않는 것은 문제다. 대화에는 치밀하고 자세한 논리가 없다. 언뜻 논리적인 말들도 받아 적어보면 허술하기 짝이 없다. 오직 책을 통해서만 언어의 세세한 논리를 이해할 수 있다. 문장을 쓰는 사람은 자신의 언어를 정확하게 전달하기 위해 수십 수백 번 고친다. 오해가 없도록, 오해가 적도록, 계속 고친다. 책만 읽고 대화를 하지 않는 것 역시 문제다. 책에는 반론이 없고, 피드백이 없다. 책을 무조건 신뢰하는 순간 벽에 갇히게 된다. 언어와 비언어 사이, 말과 글 사이에 인간들이 있다.

자, 이제 문제를 풀어보자. 예술가들의 인터뷰에서 가장 많이 듣게 되는 내용은 '나는 누군가를 위해서 작업하지 않는다. 오직 나 자신을 위해서 만들고 창작한다'는 말이다. 이 말에는 오해의 소지가 많다. 대중성을 고려하지 않는다는 얘기로 들리기도 하고, 소통으로서의 예술에는 도무지 관심이 없다는 얘기 같기도 하다. "이렇게 소통에 관심이 없으니 사람들이 예술을 외면하지" 같은 비아냥을 듣기에 딱 좋은 말이기도 하다. 나 역시 인터뷰에서 저런 말을 종종 했다. "독자들이 작가님의 책을 어떻게 읽었으면 좋겠습니까?"라거나 "어떤 독자를 상상하면서 소설을 씁니까?"라고 물어오면 대답할 말은 하나뿐이다.

"잘 모르겠습니다."

잘 모르겠을 뿐 아니라 글을 쓰다 보면 그럴 겨를이 없다. 쓰기도 바쁘고, 내가 나를 설득하기에도 시간이 모자란다. 누굴 신경 쓰고, 누굴 챙기고, 누가 내 글을 봐줄지 염두에 두는 일은 상상도 못한다. 문제에 나온 베이컨의 말처럼 '궁극적으로 나는 무언가를 말하려고 하는 것이 아니라 무언가를 하려고 하는 것'이기 때문이다.

프랜시스 베이컨은 먼지로 그림을 그린 것으로 유명하다. 프랑스 북부 브르타뉴를 그릴 때 작업실의 먼지를 사용했다. 바다의 먼지를 모두 그러모은 다음 헝겊으로 먼지를 닦아 젖은 물감에 올려놓았다. 어떤 그림에는 물감을 전혀 사용하지 않고 바닥의 먼지를 얇게 한 겹으로 발라 회색 옷을 표현하기도 했다. 베이컨은 자신의 작업을 이렇게 설명했다.

> 나는 사물의 영속성에 대해서는 알지 못합니다. 그저 플란넬 양복의 살짝 보풀이 이는 특성을 어떻게 표현할 수 있을지 고민하다가 문득 먼지를 모아야겠다는 생각이 떠올랐기 때문에 먼지를 사용하게 된 것입니다. 당신은 먼지가 괜찮은 회색 플란넬 양복과 얼마나 흡사한지를 확인할 수 있을 겁니다.°

나는 이 글을 읽을 때마다 작업실의 먼지를 그러모으는 프랜시스 베이컨을 떠올린다. 금을 채취하듯 조심스럽게 회색의 먼지를 수집하는 그를 떠올린다. 그는 수십 년 동안 단 한 번도 작업실 청소를 하지 않았다고 한다. 요리사가 식당 한쪽에 바질이나 로즈마리 같은 허브를 키우듯 베이컨은 작업실 곳곳에 먼지를 배양했던 것이다. 먼지를 수집할 때 그는 넋이 나갔을 것이다. 먼지가 흩어지지 않게 하기 위해 집중하고 또 집중했을 것이다. 창작의 과정에서는 이런 일이 자주 일어난다. 그 순간에는 오직 내적인 완결성만이 중요할 뿐이다. 먼지가 회색 플란넬 양복의 표면과 비슷하다는 생각을 하기 시작하면, 다른 것은 하나도 중요하지 않게 된다. 그 순간에는 그림을 사는 사람도 그림을 파는 사람도 잊게 될 것이다. 소설을 쓸 때도 비슷한 순간과 맞닥뜨린다. 종이 위에 쓴 어떤 문장이 실제처럼 느껴지는 순간, 작가는

°
같은 책, p.34

233

현실을 잊고 그 속으로 빨려 들어간다.

초상화는 작가가 지고 들어가야 하는 게임이다. 자신의 마음대로 그릴 수 없다. 답은 ①이다. 베이컨은 이렇게 말했다.

> 대부분의 사람들은 초상화를 통해 돋보이기를 원하기 때문입니다. 사람들은 자신이 어떻게 보이는지 또는 어떻게 보이고 싶은지에 대해 나름의 생각을 갖고 있지요. 그게 바로 초상화 작업의 특이한 점입니다. 화가가 자신의 생각에서 벗어나면 그들은 그 초상화를 좋아하지 않습니다.°

그림을 볼 때, 음악을 들을 때, 소설을 읽을 때 스스로에게 물어보곤 한다. 혹시 작가에게 어떤 초상화를 부탁했다고 생각하는 것은 아닌지, 내 생각대로 작품이 완결되길 바라는 것은 아닌지. 모든 작품을 초상화처럼 대할 때 우리는 자주 실망할 것이다. 작가가 하려고 했던 '무언가'를 놓치고 말 것이다. 작품을 대하는 사람들은 각자의 마음대로 해석할 권리가 있고, 작가 역시 그러길 바라고 있겠지만, 우리가 초상화를 기대하는 순간 거대한 작품은 바람 빠진 공처럼 쪼그라들고 말 것이다.

°
같은 책, p.44

3. 말하는 것의 반대는 듣는 것이 아니라 기다리는 것입니다

다음은 『피너츠북』에 나오는 대화이다.

1-1.

(라이너스와 루시가 턱을 괴고 밖을 내다보고 있다.)

루시 : 인생에 대한 고민이 엄청 많은데, 답을 하나도 못 찾겠어.

1-2.

루시 : 난 정말 제대로 된 답을 원해.

1-3.

(멍하니 있는 라이너스를 보채며)

루시 : 의견을 듣고 싶은 게 아니라 답을 듣고 싶다고!

1-4.

라이너스 : (A)

2-1.

(라이너스와 찰리 브라운이 썰매를 타고 있다.)

라이너스 : 할머니는 진짜 마음에 드는 작은 식당을 발견하셨대.

2-2.

라이너스 : 양은 적은데…….

2-3.

(썰매가 넘어진다.)

라이너스 : (B)°

빈칸에 어울리는 답을 순서대로 골라보자.

① A : 답이 없다는 게 내 의견이야. B : 맛이 끝내준대.

② A : 찰리 브라운에게 물어보자. B : 무제한 리필이 된대.

③ A : OX로 대답해도 괜찮겠어? B : 메뉴 글자가 크대.

④ A : 스누피가 알 거야. B : 맛이 끝내준대.

⑤ A : 나는 답이 아니라 의견만 말할 수 있어. B : 메뉴 글자가 크대.

o

찰스 M. 슐츠, 『A Peanuts Book Featuring Snoopy』, 스티브 잭코비치 옮김, 신영미디어, 1994

네 칸 만화를 열심히 그린 적이 있었다. 청탁을 받은 것도 아닌데 혼자서 열심히 그렸다. 네 칸 안에서 모든 이야기를 끝내야 한다는 제약이 좋았고, 마지막 한 칸에서 이뤄지는 반전을 생각하는 게 좋았다. 가끔 머릿속에 어떤 이야깃거리가 떠오르면 네 칸 만화에 어울릴지 생각해보기도 한다. 첫 번째 칸에서 분위기를 잡은 다음, 두 번째 칸에서 이야기를 전개시키고, 세 번째 칸에서 절정에 이르면 네 번째 칸에서 반전이 일어나는 이야기를 생각했다. 네 칸 만화는 모든 이야기와 플롯의 압축판이라 할 수 있다.

『만화의 미래』를 쓴 스콧 맥클라우드는 (라스코 동굴의 벽화처럼) 연속 예술이었던 만화가 인쇄 매체와 만나면서 '칸에 갇히게' 되었다고 설명한다. 칸에 갇힌다는 것은 한계이기도 하지만 새로운 가능성이기도 했다. 인쇄는 공간을 전복시켰고, 재료를 바꾸었다. 천이나 돌에 그림을 그릴 필요가 없어졌고, 길이의 한계도 사라졌다. 스콧 맥클라우드는 만화의 변화에 대해 이렇게 말했다.

예술과 기술의 운명적 만남 이래로 만화를 창작하는 많은 이후 작업들은 어떻게 이것을 '맞추어 넣는가'에 관한 것이었습니다. 몇 인치마다, 새로운 벽에 부딪히고 또 다른 한계점과 싸워야 했습니다. 그리고 자연스럽게도, 우리는 그것에 익숙해졌습니다. 우리가 '페이지'라고 부르는 작은 사각형 캔버스는, 한 세기 내내 장편 형식의 만화에 있어서 유일한 방식이었고, 여러 세대의 예술가들은 그것의 문제점들을 극복하기 위한 수천 가지의 창조적인 해결책들을 찾아냈습니다.°

수많은 예술가들이 칸과 칸을 창조적으로 연결시킨 덕분에 우리는 갇힌 공간 사이를 훨훨 날아다닐 수 있게 됐다. 만화를 보면서 칸 바깥을 상상할 수 있는 힘을 얻을 수 있게 됐다. 현실을 파악하고 현실을 뛰어넘을 수 있는 힘을, 만화는 우리에게 선물해주었다. 나는 만화의 칸 속에 적힌 말들을 보면서 대화의 묘미를 알았다. 만화에서는 말과 말이 섞이는 장면을 볼 수 있다. 커다랗게 적힌 말들은 큰 목소리로 들리고, 작게 적힌 말은 들릴 듯 말 듯 작은 목소리로 들린다. 눈에 보이는 것처럼 말들이 오갔고, 소리가 들리는 것처럼 말들이 표시됐다. 우리의 대화를 시각적으로 가장 잘 표현한 예술은 만화일 것이다.

나는 어떤 상황이 닥칠 때 스파이크의 표정을 떠올릴 때가 많다. 스파이크는 『피너츠』의 캐릭터로, 사막에서 혼자 살아가는 스누피의 형이다. 스파이크는 두 팔을 들고 있는 (것처럼 보이는) 사막의 선인장과 자주 대화한다. 지금은 정확히 기억나지 않지만 대충 이런 식의 대화다.

스파이크 : (선인장을 바라보며) 만약에 은행 강도가 들이닥친다면
　　　　　　어떻게 해야겠어? 맞서 싸울까?
(스파이크는 선인장의 모습을 응시한다. 선인장은 두 팔을 들고 있다.)
스파이크 : 그래, 그게 옳은 방법이겠지.

스파이크야말로 진정한 대화의 달인이 아닌가. 선인장이 아무런 말을 해주지 않아도 오랫동안 기다린다. 선인장과 대화를 하기 위해서는 기다릴 줄 알아야 한다. 어떤 일이 닥쳤을 때 나는 내 옆에 있는 선

○
스콧 맥클라우드, 『만화의 미래』, 김낙호 옮김, 비즈앤비즈, 2008, p.226~227

인장을 바라본다. 그리고 말을 건다.

"너는 어떻게 생각하니?"

선인장은 어디서나 볼 수 있다. 지하철에서도 버스에서도, 걸어갈
때에도 언제나 내 옆에 두 팔을 들고 서 있다. 늘 한결같은 모습인 것
같지만 선인장이 두 팔을 들고 있는 이유는 매번 달라 보인다. 나는
질문을 던지고, 오랫동안 선인장의 대꾸를 기다린다.

이제 답을 풀어보자. 라이너스의 엉뚱함을 안다면 쉽게 답을 풀 수
있을 것이다. 정답은 ③이었다.

4. 아름다운 추억이 우리를 악으로부터 지켜줄 것입니다

다음은 장 자끄 상뻬가 자신의 유년기를 추억하는 책 『상뻬의 어린 시절』에 나오는 「텔레라마」 편집장 겸 대표인 마르크 르카르팡티에와의 인터뷰이다(마르크 르카르팡티에는 L로, 장 자끄 상뻬는 S로 표기한다).

L : 어린 시절, 아니 청소년 시절 이야기로 돌아가자면, 사람은 어른이 되어도 어렸을 때 됨됨이를 그대로 간직한다고 말하는 사람들이 더러 있습니다.

S : 그런 사람들은 도대체 무슨 근거로 그렇게 말한답니까? 난 그렇게 단정적으로 말하는 사람들은 경계합니다. 정말이지 단정적인 사람들을 대단히 경계해요.

L : 이렇게 말씀하실 수도 있지 않을까요? 〈나는 그런 사람들을 대단히 경계한다고 믿는다〉고요. 〈나는 ~라고 믿는다〉, 곧 확신 부재가 당신이 즐겨 쓰는 표현이지 않습니까?

S : 〈내가 보기에 ~것 같다〉를 자주 쓰죠.

(중략)

S : 나를 황홀하게 만든 사람이 있었긴 하지요. 바실리 그로스만이라는 작가인데 『삶과 운명』이라는 책을 썼어요. 구소련의 작가 협회로부터 핍박을 당하던 무렵에 쓴 책인데, 그는 그 책이 언젠가 출판되리라는 걸 몰랐죠. 그 책에서 나치 치하나 스탈린 체제하에서 수많은 이들이 겪었던, 비극적이라고밖에는 달리 표현할 길이 없는 삶의 조건을 묘사하면서 그는 단 한 가지, 선량함을 굳게 믿는다고, 선량함만이 세상을 구원할 수 있으리라고 결론짓습니다.

L : 선량함을 믿습니까?

S : 네. 네. 그래요. 난 정말로 선량함을 믿어요.

L : 인간들이 선하다고 믿는단 말이죠?

S : (문제)°

빈칸에 알맞은 대화를 골라보자.

① 솔직히 말하죠. 안 믿습니다. 그렇지만 세상을 살아가다 보면 선량함을 믿고 싶은 순간들이 분명히 생기게 마련이죠.

② 그렇게 말하는 걸 보니 마르크는 선량함을 믿지 않나 보군요. 왜 그래요, 무슨 일이 있었어요?

③ 인간들이 선하지 않더라도 선량함은 분명 존재하며, 그걸 제대로 붙잡는 인간들이 있습니다.

④ 믿는 것과 행하는 것은 분명 다른 문제입니다. 선량함을 믿는다고 해서 반드시 선량하게 살아야 한다는 얘기는 아닙니다. 제가 무슨 개소리를 하고 있죠?

⑤ 대한민국에는 미스코리아 대회가 열리는데요, 1위를 '진리'라고 부르고, 2위를 '선함'이라고, 3위를 '아름다움'이라고 부릅니다. 이상한 얘깁니다. 제 생각에 1위에게 '선함'을 주어야 합니다.

°

장 자크 상뻬, 『상뻬의 어린 시절』, 양영란 옮김, 미메시스, 2014, p.107~109

바실리 그로스만의 『삶과 운명』은 세계적으로 가장 위대한 전쟁소설 가운데 하나로 불린다. 『삶과 운명』에는 2차 세계대전 중 전체주의 사회에서 전쟁을 겪으며 생존해야 했던 한 인간의 비극이 생생하게 담겨 있다고 한다. 그로스만은 『삶과 운명』을 1950년부터 1960년에 이르기까지 10년에 걸쳐 집필했지만, 장 자끄 상뻬의 말처럼 자신의 작품이 출판되는 것은 보지 못했다. 1961년, KGB로부터 전체 작품을 압수당했고, 1964년에 작가는 세상을 떠나게 된다. 1980년 스위스에서 친구가 가지고 있던 복사본이 최초로 공개됐을 때 엄청난 반향을 불러일으키며 20세기의 『전쟁과 평화』라는 수식을 얻게 됐다. 한국에는 아직 번역되지 않은 작품이라 어떤 내용인지는 정확히 알 수 없지만, 장 자끄 상뻬가 인용한 '그는 단 한 가지, 선량함을 굳게 믿'었고, '선량함만이 세상을 구원할 수 있으리라고 결론'지었다는 문장만으로도 읽고 싶어지는 작품이다. 해금된 작품에 대한 환호는 프랑스 작가 엠마뉘엘 카레르의 소설 『리모노프』에서도 발견할 수 있다.

그동안 엘리트 지식인들만 사미즈다트 형태로 혹은 해외에서 밀반입해 읽던 책들을 1988년부터 일반 대중도 읽을 수 있게 되자 소련 전역이 독서 광풍에 휩싸였다. 그동안 금서로 분류되었던 책들이 매주 새로 출간되었다. 막대한 부수를 인쇄해도 금세 동이 났다. 책을 사기 위해 사람들은 새벽부터 가판대 앞에 길게 줄을 섰고, 지하철에서, 버스에서, 심지어 길을 걸으면서도 마치 전투를 치르듯 흘린 사람처럼 책을 읽었다. 한 주는 모스크바 전체가 『닥터 지바고』만 읽고 그 얘기만 하고, 다음 주는 바실리 그로스만의 『삶과 운명』, 그다음 주는 오웰의 『1984년』과 프롤레타리아 계급의 사기 저하를

두려워해 진실을 함구하던 서구의 모든 공산당의 길동무들로부터 CIA의 스파이라는 멸시를 받으며 60년대 초반부터 집단화와 숙청의 역사를 연구한 영국 출신의 위대한 선지자 로버트 콘퀘스트의 저술에 열광했다.°

다른 묘사보다 책을 갈구하고 전투를 치르듯 책을 읽는 사람들의 풍경이 눈에 선하다. 아, 얼마나 아름다운 풍경이었을까. 해금된 책을 읽으며 사람들은 서로의 선량함을 믿고 싶어 했을 것이다. 선량함을 굳게 믿었다는 바실리 그로스만의 일화를 읽고 나니 도스토예프스키의 『까라마조프 씨네 형제들』의 한 대목이 떠오른다.

어린 시절에 간직했던 아름답고 신성한 추억이 가장 훌륭한 교육이 될 겁니다. 인생에서 그런 추억을 많이 간직하게 되면 한평생 구원받게 됩니다. 그런 추억들 중에 단 하나만이라도 여러분의 마음속에 남게 된다면, 그 추억은 언젠가 여러분의 영혼을 구원하는 역할을 하게 될 겁니다. 어쩌면 우리는 악당이 될지도 모릅니다. 나쁜 일을 피하지 못할지도 모릅니다. 엄숙한 인간의 눈물마저 조소하게 될지 모릅니다. 꼴랴가 조금 전에 〈모든 사람을 위해서 고난받는 사람이 되고 싶다〉고 했지만, 어쩌면 그런 사람에게까지 심술궂은 조소를 보내게 될지 모릅니다. 물론, 그런 사람이 되어서는 안 되겠지만, 설령 그런 악한이 된다고 하더라도, 가장 냉소적이고 잔인한 인간이 된다고 하더라도 우리가 이렇게 함께 모여 일류사를 묻어준 일과, 그가 죽기 전에 베풀었던 사랑과, 이렇게 큰 바위 옆에서 우의

○
엠마뉘엘 카레르, 『리모노프』, 전미연 옮김, 열린책들, 2015, p.264~265

를 나누던 일을 기억한다면 우리는 최소한 이 순간만은 착하고 훌륭한 인간이었다는 사실을 마음속에서는 비웃지 못할 겁니다. 또한 아름다운 이 추억이 우리를 커다란 악으로부터 지켜줄 겁니다. 그리고 지난날을 회상하면서, 〈그래, 나는 그때 착하고 용감했으며 명예로운 사람이었어〉라고 스스로에게 말할 겁니다. 속으로야 코웃음치는 것쯤은 괜찮겠죠, 원래 인간이란 착하고 훌륭한 것을 비웃고 싶어 하는 본능이 있으니까요.°

마치 장 자크 상뻬와 도스토예프스키가 함께 읽어주는 내용 같다. 상뻬의 신나는 그림을 보고 있으면 저런 상념에 빠질 때가 많다. 우리는 이미 악당이 되어 있지만, 찌들 만큼 찌들어 있지만, 아름다운 어린 시절의 추억들이 우리를 거대한 악으로부터 지켜줄 때가 많지 않은가. 더 처참한 나락으로 빠지는 것을 막아주고 있지 않은가. 어린 시절을 기억하지 못하는 악당은 진짜 악당이다. 장 자끄 상뻬가 무조건 어린 시절의 추억을 미화하는 것은 아니다. 그는 마르크 르카르팡티에와의 인터뷰 말미에 이렇게 덧붙였다.

안심이 되는 건 말이죠, 이제까지 한 것이 아니라 앞으로 할 수 있을 거라는 생각이죠. 과거에 무언가를 했기 때문에 앞으로도 계속할 수 있는 것이 아니라는 말입니다. 나는 앞으로 할 일만 생각합니다. 앞으로 이걸 꼭 해야지, 라고 생각하는데, 그때의 〈이것〉은 나도 알 수 없는 겁니다. 내가 과연 그럴 수 있을까? 난 무얼 할까? 그건 무슨 의미일까? 그렇게 할 가치가 있는 걸까?•

○
표도르 도스토예프스키, 『까라마조프 씨네 형제들』, 이대우 옮김, 열린책들, 2009, p.1345

소년의 마음을 추억한다는 것은 과거로 돌아가는 것이 아니다. 오히려 반대다. 소년의 마음을 잃어버린 남자가 무기력하고 정체되어 있다면, 소년의 마음을 가진 남자는 앞으로 자신이 할 수 있는 일을 염려하고 걱정한다. 호기심 어린 얼굴로 계속 걸어간다.

문제를 풀어보자. 답은 ③이다. 인간이 착하게 태어난다는 이야기가 아니다. 인간은 착하지도 악하지도 않은, 자연 그대로의 상태로 태어나지만 어떤 사람은 선량함을 붙들고, 어떤 사람은 악의 매력에 깊이 빠진다. 우리는 원하는 것을 붙잡아야 한다. 매 순간 우리의 삶을 선택해야 한다. 장 자끄 상뻬가 '내가 보기에 ~것 같다'라는 표현을 자주 쓰는 이유 역시 마찬가지일 것이다. 우리는 어떤 길을 걸어가고 있는지 명확하게 알지 못한다. 우리는 우리의 현재를 단정해선 안 된다. 염려하면서 앞으로 나아가고, 후회하면서 다음 발을 내딛어야 한다. 선량함을 믿으면서.

장 자크 상뻬, 『상뻬의 어린 시절』, 양영란 옮김, 미메시스, 2014, p.143

사회 영역

성명

1. 세일즈맨은 물건을 파는 사람이 아니다

세계적인 컨설턴트이자 미국 최고의 세일즈 코치 중 한 명인 댄 사이
드먼의 책 『잘 파는 세일즈맨의 비밀 언어』에 나오는 일화다. 댄 사이
드먼은 세일즈 회의 참석자 600명에게 긴장을 풀고 눈을 감으라고 한
다음 이런 이야기를 들려주었다.

당신은 오스트레일리아에서 멋진 휴가를 보내기 위해 비행기에
몸을 싣는다. 비행기 좌석은 365개이고 그중 당신은 다리를 쭉
뻗어도 충분할 만큼 공간이 넓은 좌석에 편안하게 앉는다. 비행
기 안을 둘러보다가 비어 있는 좌석 하나를 발견한다. 그 비어 있
는 좌석을 제외하고 승객들은 모두 수다를 떨고 있고 곧 일광욕
을 즐길 설렘으로 행복해 보인다. 비행기가 착륙하고 여행객들
모두 꿈같은 여행을 할 생각에 들떠 있다. 그들은 오스트레일리
아에 있는 멋진 것들을 직접 보고 듣고 체험한다. 그 유명한 캥거
루와 멋진 백상아리, 서핑, 스쿠버 다이빙, 포도주 관광, 둘이 먹

> 다 하나 죽어도 모를 만큼 맛있는 해산물 요리, 다정하고 친절한
> 사람들 등. 이 얼마나 재미있는 여행인가! 그야말로 환상적인 여
> 행이다.°

댄 사이드먼은 여기까지 얘기한 다음 사람들에게 눈을 뜨라고 말한
다. 그리고 이렇게 묻는다. "자, 그러면 이제부터 이 이야기가 무엇에
관한 것인지 말씀해주시겠습니까?"
이에 알맞은 답은 무엇일까?
① 우리가 만약 1년 중 하루를 낭비한다면, 우리는 놓친 그 기회를 절
   대 회복할 수 없다는 것을 뜻하지요.
② 오스트레일리아는 행복한 곳임을 암시하는 이야기입니다.
③ 비행기에 타지 못한 사람의 사연이 무엇인지 궁금하게 만드는 이
   야기입니다.
④ 우리의 1년 365일은 모두 축제 같은 날이며, 단 하루 정도만 불행
   하다는 뜻입니다.

°
댄 사이드먼, 『잘 파는 세일즈맨의 비밀 언어』, 김정은 옮김, 세종서적, 2014, p.122

물건을 팔아본 경험은 거의 없다. 친한 가게 주인을 대신해 잠깐 가게를 봐줬을 때가 한두 번 있었으나, 그럴 때도 주도적으로 물건을 판 것은 아니다. 계산만 해줬을 뿐이다. 물건을 파는 능력은 타고나야 한다고 생각했다. 손님의 심리를 꿰뚫어볼 줄 알아야 하고, 친절해야 하고, 망설이는 손님에게 미끼를 던질 줄 알아야 한다. 무엇보다 눈치가 빨라야 한다. 내게는 그런 능력이 없었다.

딱 한 번 열심히 물건을 팔았던 적이 있다. 한 인터넷 서점의 CD/DVD 팀장직을 맡은 적이 있었는데, 홍대 근처의 매장 관리까지 함께 해야 하는 자리였다. 관리라고 해봐야 할 일이 거의 없었다. 손님이 없었다. CD/DVD 팀원은 나를 포함해 모두 여섯 명이었고, 손님은 하루에 여섯 명이 올까 말까였다. 팀원들은 매장 한구석에 옹기종기 모여 앉아 새로 나온 음반 이야기를 하거나 홍보용으로 나온 음반을 들으며 멍하니 시간을 보냈다. 그 시절이 내게는 직장 인생 최고의 순간이었다. 한가롭고, 평화롭고, 충만했다. 손님이 거의 오질 않으니, 매장에 손님이 들어오는 순간 모두들 비상사태로 돌변했다. 무조건 팔아야 했다. 빈손으로 돌려보낼 수는 없었다. 뭐라도 하나 사게 하자.

CD/DVD 팀원들은 대부분 음악 고수들이었다. 나도 소싯적에 음악 좀 들었네 하고 뻐길 때가 있었는데, 팀원들과 이야기를 나누다 보면 '아, 나는 아직도 멀었구나' 싶을 때가 많았다. 헤비메탈 마니아도 있었고, 힙합에 정통한 친구도 있었다. 나는 그들에게서 다양한 음악을 추천받기도 했고, 음반 파는 법을 배우기도 했다. 음반을 판매하는 고전적인 방법은 세일즈 매뉴얼에 자주 등장하는 '영향력 행사하기'다. 이를테면 이런 식이다.

점원 : 어서 오세요.

손님 : (묵묵히 매장을 돌아본다.)

점원 : 뭐 찾으시는 음반 있어요?

손님 : (대답 없이 묵묵히 매장을 돌아본다.)

점원 : (신경을 쓰지 않는 척한다.)

손님 : (한참 후에) 혹시 스피리추얼라이즈드 있어요?

점원 : 어떤 앨범요?

손님 : 레이디스 앤드 젠틀…….

점원 : 네, 그 앨범은 없네요.

손님 : 네.

점원 : 혹시…….

손님 : 네?

점원 : 혹시, 스페이스맨 쓰리는 들어보셨어요?

손님 : 이름은 들어봤어요.

점원 : 이 앨범 들어보셨어요? 『Playing with fire』.

손님 : 아뇨.

점원 : 아, 이걸 안 들으셨구나. 이게 제이슨 피어스가 주도적으로……
아니네요, 손님한테는 조금 어려울 수도 있겠네요. 사실 스페이스
맨 쓰리를 안 들으면 스피리추얼라이즈드가 왜 그런 음악을 하는
지가 잘 이해가 안 갈 수도 있는데요, 그래도, 이게 좀 마니악해서
어려울 수도 있겠네요. (혼잣말인 것처럼) 아아아아아, 이걸 안 들
으셨구나. 하아…….

손님 : 그 앨범도 좋아요?

점원 : 이거요? 좋으냐고요? 이건 명반이죠. 5번 곡 「Revolution」 들어
보면 '아, 이래서 이 앨범을 추천해주었구나' 싶을 거예요. (두 달

째 팔리지 않는 음반이라는 말 대신에) 아, 이건 진짜 구하기 힘든 건
데…….

손님 : 그거 주세요.

팀원들은 내게 "아아아아, 이걸 안 들으셨구나"라고 말할 때의 탄
식 가득한 목소리를 가르쳐주었다. 목소리에는 허무한 세월의 인식이
녹아 있어야 했다. 이 음반을 듣지 않았으니 지금까지는 헛산 거나 마
찬가지라는 듯, 이제라도 알게 됐으니 불행 중 다행이라는 듯, 아련한
목소리로 "아아아아" 하고 탄식해야 했다. 팀원들에게 배운 걸 몇 번
써먹어본 적이 있다. 제법 잘 먹혔다. 물건을 팔았을 때의 쾌감을, 내
가 추천한 물건을 손님이 받아들였다는 데서 오는 승리감을 처음으
로 알게 됐다.

가끔 그 시절의 추천 방식이 그리울 때가 있다. 사람이 사람을 만나
서 하는 추천이고, 직접 물건을 보여주면서 하는 추천이고, 손님에게
일정 분량의 환상을 심어주는 추천이다. 그런 추천은 기억에 오래 남
는다. 요즘은 실제 물건도 없이 온라인으로 무언가를 추천하는 시스
템이어서 조금은 삭막하다는 생각이 들 때가 많다. 물론 직접 대면하
지 않고 물건을 사는 장점도 무척 많긴 하지만.

소설 방문판매에 대한 농담을 자주 하곤 했다. 내 소설을 직접 들고
돌아다니면서 낯선 집의 벨을 누르는 상상을 한다. 누군가 나오는 소
리가 들리면 나는 곧장 낭독을 시작한다. 내 소설을 읽어나간다. 내 소
설을 마음에 들어 하는 것 같으면 이렇게 설명을 한다.

"이 소설이 좋냐고요? 아, 이건 명작이죠. 다섯 번째 단편을 읽어 나
갈 때쯤이면 '아, 이래서 작가분이 직접 와서 책을 추천해줬구나' 싶
을 겁니다. 이거 진짜 구하기 힘든 책인데……."

무엇인가를 사야 할 때 파는 사람의 마음을 생각해본다. 내가 좋아하는 판매자들이 있다. 긴말하지 않는데 적당한 때에 와서 간결한 조언을 해주는 사람들이 있다. 인사는 정중하되 소란스럽지 않고, 아주 가끔 구사하는 유머의 성공률도 무척 높다. 내가 필요로 하는 물건을 정확히 추천하고, 그 물건의 장점을 일목요연하게 정리해준다. 그런 사람에게서 물건을 사고 나면 하루 종일 기분이 좋다. 물건을 사고파는 일이 얼마나 중요한 대화의 일부인지 새삼 깨닫게 된다.

이제 문제 풀이로 넘어가야겠다. 문제의 답은 놀랍게도(아니 나만 놀랐을지도 모르겠지만), ①이다. 책에는 뒷이야기가 이렇게 적혀 있다.

한 영업 전문가가 자기 자리에서 벌떡 일어나 자기 생각을 소리쳐 말했다. "이 이야기는 여행에 관한 것이 아닙니다. 그건 비행기에 관한 거라 할 수 있죠. 365개의 좌석 중에 하나가 비어 있다고 했죠. 그것이 의미하는 건, 우리가 만약 1년 중 하루를 낭비한다면, 우리는 놓친 그 기회를 절대 회복할 수 없다는 것을 뜻하지요."

그의 압승으로 게임은 끝났다. 그 영업 사원이 정확히 꿰뚫었다. 어떤 관점에서 그 이야기는 인생에 대한 은유이다.

비행기는 빈 좌석으로 생긴 매출 손실을 결코 회복할 수 없을 것—영원히 사라진다—이다. 그와 마찬가지로 당신은 시간의 가치와 그것을 잘 활용해야 한다는 사실에 대한 인식을 높여야 한다. 당신은 하루하루를 현명하게 사용하고 있는가?°

나는 동의할 수 없었다. 문제에 대한 내 답은 ③이었다. 나는 이야

°
같은 책, p.123

기를 읽는 동안 제시간에 도착하지 못한 한 사람을 생각했다. 그 사람의 사연을 상상했다. 왜 늦었을까. 오는 동안에 자동차 사고가 난 것일까? 여행이 필요 없어진 것일까? 부모님 중 한 분이 돌아가셨나? 아니면 모든 것이 의미 없다는 생각이 들었나? 대체 왜 제시간에 비행기를 타지 못한 것일까. 364명이 도착했지만, 비어 있는 한 자리는 무척 크게 느껴진다.

나는 비어 있는 한 자리를 살펴보기 위해 예술이 존재한다고 생각한다. 하루의 효율과 매출의 손실을 따지기 전에 제시간에 도착하지 못한 한 사람을 걱정하는 것이 예술의 책무라고 생각한다. 정답은 ①이었지만, 내 마음대로 고치겠다. 나의 정답은 ③이다.

2. 젊은 친구, 지구에 온 것을 환영하네

다음은 스토리텔링의 비밀을 밝혀내는 조너선 갓셜의 저서 『스토리
텔링 애니멀』에 나오는 한 대목이다. 저자는 자신의 두 딸, 애비와 애
너벨과의 에피소드를 통해 인간의 자기 과장에 대해 탐구하고 있다.

자기 과장은 어릴 적에 시작되며 여기에는 대가가 따른다. 아이
들은 자신의 뛰어난 능력을 과대평가한다. 우리 딸 애너벨이 세
살이던 어느 여름날 이 사실을 실감했다. 애너벨은 자기가 엄청
나게 빠르다고 확신했다. 얼마나 빠르냐고 물었더니 아빠보다 언
니보다 빠르다고 대답했다.

우리 셋은 뒤뜰 한쪽 끝에 있는 정원에서 반대쪽 끝에 있는 장난
감 집까지 곧잘 달리기 시합을 했다. 애너벨은 늘 결승선에서 일
부러 비틀거리는 나를 앞질러 이등으로 들어왔다. 하지만 여섯
살에 다리가 긴 애비는 결코 양보하는 일이 없었다. 언제나 동생
을 훌쩍 앞서서 도착했다. 하지만 애너벨은 아무리 많은 패배를
겪고서도 자신의 눈부신 속도에 대한 확신을 잃지 않았다.

그해 여름에 열 번째쯤 패배했을 때 애너벨에게 "너랑 애비랑 누
가 빠르지?" 하고 물었다. 애너벨의 대답은 완패를 당하던 예전
과 다름없이 자신감과 확신에 차 있었다. "제가 더 빨라요!" 이번
에는 이렇게 물었다. "애너벨, 너랑 치타랑은 누가 빠르지?" 애너
벨은 「애니멀 플래닛」 방송을 보면서 치타가 겁나게 빠르다는 것
을 알았다.°

다음 중 애너벨의 반응과 대사로 적당한 것은?

① 살짝 기어들어 가는 목소리로 대답했다. "저요?"

② 풀 죽은 목소리로 대답했다. "그거야 치타죠."

③ 한심하다는 듯한 표정으로 말했다. "아빠, 장난해요?"

④ 심각한 표정으로 말했다. "달려라, 애비."

⑤ 눈을 반짝이며 말했다. "치타가 빠르긴 하지만 제가 이겨요."

조너선 갓셜, 『스토리텔링 애니멀』, 노승영 옮김, 민음사, 2014, p.211~212

소설을 쓸 때 재미있으면서도 제일 힘든 일은 사람에 대한 묘사다. 사람을 묘사하는 방법은 대략 200만 가지 이상이어서 누군가에게 배울 수 있는 것도 아니고, 뚜렷한 정답이 있는 것도 아니(라고 나는 생각한)다. 늘 새로운 묘사를 떠올리기 위해 머리를 쥐어짜야 한다. 소설을 볼 때마다 '아, 이렇게 사람을 묘사하는 방법도 있구나' 싶은 깨달음을 얻을 때가 많지만 그건 그 작가의 것일 뿐 내가 쓸 수 있는 것은 아니다. 다만 힌트를 얻을 수 있을 뿐이다.

고전적인 묘사를 생각할 때마다 나는 헤밍웨이의 『노인과 바다』를 떠올린다. 노인을 묘사하는 장면은 3D로 된 초상화를 보여주는 것 같다.

> 노인은 수척했으며 목 뒷부분에는 깊은 주름살이 잡혀 있었다. 양 뺨에는 열대 바다의 햇빛 반사광에 노출되면 생기는 가벼운 피부암 종류의 갈색 검버섯이 있었다. 검버섯은 얼굴 양쪽에서 아래쪽으로 내려왔다. 크고 무거운 고기를 잡으려고 낚싯줄을 오래 만진 탓에 그의 양손에는 깊은 흉터들이 있었다. 하지만 최근에 생긴 상처는 아니었다. 그것은 물고기 없는 사막의 침식 구멍처럼 오래된 것이었다.
>
> 모든 게 늙어 보였으나 두 눈만은 그렇지 않았다. 두 눈은 바다와 똑같은 색깔이었고 쾌활한 불패(不敗)의 기색이 감돌았다.°

눈앞에 노인의 모습이 생생하다. 게다가 '불패의 기색'이란 단어는

°
어니스트 헤밍웨이, 『노인과 바다』, 이종인 옮김, 열린책들, 2012, p.9~10

소설의 중요한 키워드이기도 해서 초반의 묘사로 소설의 주제까지 건드리고 있는 셈이다. 이런 묘사를 할 수 있다면 소설의 반을 쓴 것이나 마찬가지다. 추측일 뿐이지만 소설을 다 쓴 다음에 노인에 대한 묘사를 덧붙였을 수도 있다. 소설의 시작 부분에 한 사람의 얼굴을 생생하게 떠올리기란 쉬운 일이 아니다. 소설이 다 끝난 다음에야 주인공의 모습이 선명해질 때가 많다.

『미국의 송어낚시』로 유명한 소설가 리처드 브라우티건은 묘사에 대한 짧은 소설을 쓴 적이 있다. 국내에도 출간된 『완벽한 캘리포니아의 하루』(원제는 '잔디밭의 복수')에 실린 단편소설 「너를 다른 사람에게 묘사할 때」는 이렇게 시작한다. "며칠 전 너를 다른 사람에게 묘사하려고 했지. 너는 내가 만난 어떤 여자와도 닮지 않았어." 리처드 브라우티건은 한 사람을 묘사하기 위해 자신이 1941년인가 1942년에 보았던 영화를 끌어들인다. '시골 마을에 전기를 공급하는 영화였고, 아이들에게 1930년대 뉴딜 정책의 도덕성을 홍보하는' 영화였다. 한참 영화의 줄거리를 설명하고 나더니 마지막에 이렇게 덧붙인다.

"너는 내게 그렇게 보여."

이렇게 비효율적인 묘사를 본 적이 있나. 한 사람을 묘사하기 위해 영화 한 편을 통째로 설명했는데도 와닿질 않는다. 우리가 그 영화를 알지 못하기 때문이다. 한편으로는 리처드 브라우티건의 인물 묘사가 가장 적확한 것일지도 모른다는 생각도 든다. 묘사는 객관적인 척하는 주관적 영역이다. 아무리 상세하게 묘사한다 해도 우리는 그 사람을 도무지 알 수 없다. 그저 우리가 알고 있는 사람을 그 자리에 세워둘 수 있을 뿐이다. 리처드 브라우티건이 영화의 줄거리를 설명해가며 묘사했던 그녀를 우리는 알지 못하지만 우리가 경험했던 영화와 알고 있는 모든 여자를 동원시켜 그 사람을 상상해야 한다. 또는 우리의 내면에 있는 그 사람을 상상해야 한다.

『노인과 바다』의 묘사를 읽고 있으면, 우리는 각자의 손바닥을 바라보게 된다. '낚싯줄을 오래 만진 탓에 생긴 깊은 흉터'를 눈으로 그려보게 된다. 우리 손에는 없는 흉터들이지만 우리는 그 흉터를 손바닥에서 본 것 같다. 묘사란, 책을 읽는 사람들의 깊은 곳에 있는 감각을 일깨우는 것이다.

좋은 묘사와 나쁜 묘사를 구분하는 방법이 있다. 나쁜 묘사는 예쁘기만 할 뿐 정확하지 않고, 좋은 묘사는 선명하지 않지만 정확하다. 나쁜 묘사는 셀카와 같고, 좋은 묘사는 스냅샷과 같다. 나쁜 묘사는 최대한 포즈를 취한 후 어색한 미소로 찍는 사진이고, 좋은 묘사는 친한 친구들과 놀다가 자연스럽게 찍히는 사진이다.

우리는 우리가 잘난 줄 안다. 토마스 길로비치의 『인간 그 속기 쉬운 동물』에 따르면 고등학교 3학년생 100만 명 중에서 "70퍼센트가 자신의 리더십이 평균 이상이라"고 생각했다. 남자들은 자기들이 전부 운전을 잘하는 줄 알고, 군대 이야기를 재미있게 하는 줄 안다. 우연한 사고로 죽을 가능성은 없다고 생각하고, 텔레비전의 비극이 자신에게는 절대 일어나지 않을 것이라 생각한다. 재난이 생기면 그중에서 살아남는 한 사람이 자신이 될 것이라고 생각하고, 자신이 낳은 아이가 세상에서 제일 예쁜 줄 안다.

카메라에 우연히 찍힌 자신의 모습에 충격을 받아본 적이 있을 것이다. 사진이 이상하게 나왔다고 생각했을 것이고, '나는 저렇게 생기지 않았는데⋯⋯'라고 생각했을 것이다. 그리고 다시 셀카를 찍는다. 셀카를 찍을 때는 자신이 가장 좋아하는 포즈를 취하며, 좋아하는 표정을 짓고, 좋아하는 각도를 선택한다. 헤밍웨이의 묘사는 셀카가 아니라 스냅샷이다. 미셸 우엘벡의 소설도, 폴 오스터의 소설도 그렇다.

홍상수의 영화 역시 셀카가 아니라 스냅샷이다.

토마스 만의 소설 『마의 산』에는 멋진 초상화 속의 할아버지를 진짜 할아버지라고 생각하고 평상시의 할아버지를 가짜 할아버지로 생각하는 아이가 나온다.

초상화에 나타난 이러한 모습이 할아버지의 진짜 모습이고, 매일 보았던 할아버지는 말하자면 가짜 할아버지, 임시로 다만 불완전하게 세상에 적응하고 있는 할아버지라 느끼지 않을 수 없었다. 할아버지의 평상시의 모습이 이렇게 이상하고 특이한 것은 분명 그렇게 불완전하게, 어쩌면 좀 미숙하게 적응한 결과일지도 모른다.°

셀카를 찍고 초상화를 그리는 이유는 그 모습이 우리의 진짜 모습이길 바라기 때문일지도 모른다. 우리는 평소에 그렇게 살 수 없지만 그게 진짜 나이길 원한다. 평소에는 임시로 살아가고 있지만, 그게 진짜 나의 모습이라고 말하고 싶은 것이다. 어떤 사람은 타인의 시선에 자신을 맞춰 산다. 어떤 사람은 자신의 시선을 굳게 믿고 자신만의 삶을 산다. 어떤 삶이 낫다고 할 수 없다. 수많은 시선이 얽히고설켜 있다. 시선을 벗어날 수는 없다.

우리는 모두 하나의 거울이기도 하다. 온몸이 거울이 되어 서로를 비추고, 거울 속에 비친 자신을 보기도 한다. 거울이 되지 않고 거울만 들여다보는 사람도 있다. 거울을 보는 것은 또 다른 의미의 셀카 놀이다. 우린 거울을 볼 때 최대한 예뻐 보이려고 한다. 배를 집어넣기 위해 숨을 잠시 멈추고, 까치발을 든다. 좋아하는 각도로 얼굴을 돌리고,

°
토마스 만, 『마의 산』, 윤순식 옮김, 열린책들, 2014, p.55

고개를 치켜든다. 상대방을 최대한 투명하게 바라보고, 자신을 멋지게 포장하지 않는 일, 자신을 과장하지 않고 있는 그대로 바라보는 일이야말로 대화의 시작일 것이다.

정답을 풀어보자. 답을 ④로 하고 김애란 작가의 소설을 홍보하고 싶지만, 정답은 ①이다. 애너벨이 자신의 실체를 깨닫게 되는 날은 언제일까. 자신이 그렇게 빠르지도 않을뿐더러 그리 대단하지도 않은 인간 중 한 명일 뿐이란 사실을 깨닫는 날은 언제일까. 그런 날이 오지 않을 수도 있겠지. 그럼 참 좋겠지. 애너벨, 가슴 아프지만 말이다. 우리 인간은 그렇게 대단한 존재가 아니란다. 소설가 커트 보니것 선생님이 했던 이야기를 들려줄게.

"젊은 친구, 지구에 온 것을 환영하네. 여름엔 덥고 겨울엔 추운 곳이라네. 또한 둥글고 축축하고 북적대는 곳이지. 자네, 이곳에서 고작해야 백 년이나 살까? 내가 아는 규칙이 딱 하나 있지. 그게 뭔지 아나? 젠장, 조, 자네 착하게 살아야 한다는 거라네!"°

나도 한마디만 덧붙이겠네. 대화를 배우게.

°
커트 보니것, 『나라 없는 사람』, 김한영 옮김, 문학동네, 2007, p.107

과학 영역

성명

1. 우주에서 지구를 바라본다면 어떤 기분일까

제미니 4호의 우주비행사 에드워드 화이트는 NASA 최초의 우주 유영을 하고 있었다. NASA는 화이트가 걱정스러웠다. 우주 유영에서의 도취증으로 인해 판단 능력을 잃을 수도 있기 때문이다. 관제소의 우주선 교신 담당자인 거스 그리섬은 곧장 화이트의 상관이자 우주선의 사령관인 제임스 맥디빗에게 연락을 취했다. 세 사람의 대화를 듣고 빈칸에 알맞은 대화를 선택해보자.°

> **화이트** : (백만장자가 된 것 같은) 그것은 가장 자연스러운 감정이었어요.
>
> **맥디빗** : (⋯) 자네는 꼭 어머니의 자궁 속에 들어가 있는 것처럼 보이더군.
>
> (시간 경과)
>
> **그리섬** : 제미니 4호, 당장 다시 들어와!
>
> **맥디빗** : 관제소는 자네가 당장 들어오기를 바라고 있어.

화이트 : 들어가라고요?

맥디빗 : 들어와.

그리섬 : 그래, 우린 지금까지 자네와 통신하기 위해 애썼네.

화이트 : 잠깐, 사진 몇 장만 더 찍고요.

맥디빗 : 안 돼, 돌아와. 당장.

화이트 : (…) 아무리 그래도 선장님이 나를 끌고 들어가실 수는
           없을 거예요. 하지만 들어갈게요.

하지만 그는 돌아오지 않는다. 2분이 더 지났다. 맥디빗은 간청하
기 시작한다.

맥디빗 : 당장 돌아와.

화이트 : 좀 더 좋은 사진을 찍으려고요.

맥디빗 : 안 돼, 당장 돌아와.

화이트 : 지금은 우주선을 찍으려 하고 있어요.

맥디빗 : 에드, 당장 안으로 들어와!

           (1분 후)

화이트 : (문제)°

°
메리 로치, 『우주 다큐』, 김혜원 옮김, 세계사, 2012, p.77~79

다음 중 화이트가 한 말로 적절한 것은?

① 아, 우주에서 보는 지구는 정말 아름답습니다.

② 제 평생 이렇게 슬픈 순간은 처음이에요.

③ 셀카 딱 한 장만 찍고 갈게요.

④ 자꾸 들어오라고 하니까 더 들어가기 싫잖아요.

⑤ 맛있는 저녁 만들어줄 때까지 절대 안 들어갈 거예요.

1965년, 세 사람의 대화는 라디오를 통해 실황 중계가 되고 있었다. 사람들은 대화를 들으며 어떤 우주를 상상했을까. 지글지글한 잡음과 세 사람의 목소리 속에서 어떤 미래를 떠올렸을까. 50여 년이 지난 지금, 인간은 더 먼 우주로 날아가고 있다. 에드워드 화이트가 우주 유영을 하는 장면을 보면서 이 대화를 읽으면 마음이 숙연해지기도 한다.° 인간은 대체 어떤 존재이길래 우주의 비밀을 밝혀내기 위해 수많은 것들을 바치는 것일까.

대화 속에서 세 사람의 입장이 모두 이해가 된다. 그리섬은 우주의 상황을 전혀 모르기 때문에 안전을 최우선으로 생각할 수밖에 없다. 실제 화이트가 우주선으로 복귀하는 데 걸린 시간은 25분이었다. 조금 더 지체했더라면 상황이 어떻게 됐을지 알 수 없었다. 맥디빗이 화이트에게 소리를 지른 것도 이해가 된다. 만약 산소가 부족해 화이트가 우주선 밖에서 의식을 잃을 경우, 그와의 연결을 끊어버리라는 명령을 받았기 때문이다. 의식을 잃은 화이트를 해치 안으로 데리고 오려면 제미니 4호 자체가 위험해질 수 있었다. 에드워드 화이트의 심정도 이해가 된다. 평생 한 번 있을까 말까 한 기회인데, 1분만 더 있고 싶은 마음을 누가 모를까. 그렇다면 답은 ③이 아닐까. 지구를 배경으로 셀카 한 장 찍고 싶었을 것이다. 그러나 ③의 보기에는 (너무 쉬운) 함정이 있다. 1965년이 배경이니까, 셀카 따위 찍을 수 없었겠지.

영화 「그래비티」(2013)에서는 '휴스턴'으로 통칭되는 관제소가 중요한 캐릭터로 등장한다. 주인공 매트의 넋두리를 받아주는 곳도 휴스턴이며, 스톤 박사의 건강 상태를 확인해주는 곳도 휴스턴이고, 가벼운 농담으로 우주인들의 스트레스를 풀어주는 곳도 휴스턴이다. 휴스턴을 살아 있는 생물체의 이름이나 사람의 이름으로 생각해도 좋을 것 같다. 휴스턴은 사람들의 안전을 걱정하고, 여러 가지 충고도 해준다. 잔소리를 늘어놓지만 그게 다 걱정이 돼서 그러는 거다. 문제가 발생했을 때 가장 빨리 해결책을 찾아주는 것도 휴스턴이다. 여러모로 어머니를 닮은 캐릭터다.

화이트와 그리섬과 맥디빗의 대화를 다른 방식으로 생각해보자. 그리섬은 어머니, 맥디빗은 아버지, 화이트는 철없는 아들 같다. 아버지는 어머니에게 추궁당하는 게 일상이고, 어머니는 아들 걱정을 하고, 철없는 아들은 신기한 세상에 사로잡혀 정신을 차리지 못한다. 그렇다면 답은 ④가 아닐까. 광활한 우주의 풍경에 넋이 나간 화이트는 사춘기로 돌아간 것이다. 빨리 돌아오라는 아버지의 말에 짜증을 내면서 우주에 남고 싶어 한다. "자꾸 들어오라고 하니까 더 들어가기 싫잖아요"가 답이라면 대화는 재미없어진다. 짜증 섞인 한마디 때문에 우주의 아름다운 풍경이 사라지고 만다.

유쾌한 과학 저널리스트 메리 로치는 『우주 다큐』에서 우주인들이 겪게 되는 짜증에 대해서 상세하게 기록하고 있다. 우주에서 갇혀 지내게 되면 수많은 감정들이 분노로 변하게 된다고 한다. 동료 우주인은 눈앞에서 함께 고생하고 있는 게 뻔히 보이므로 모든 분노는 관제소로 향할 수밖에 없다.

좌절감을 우주비행 관제 센터의 직원에게 터뜨리는 일은 우주비행사의 유서 깊은 전통으로, 심리학계에서는 '감정전이(displacement)'라고 한다. 샌프란시스코 캘리포니아 주립대학교의 우주 정신의학자 닉 캐나스(Nick Kanas)는 우주비행사들은 6주간 임무를 수행하며 동료 승무원과 거리를 두고 자기 영역을 확보한 채, 서로에 대한 적개심을 관제 센터로 옮긴다고 말한다.

짐 로벨은 대부분의 적개심을 제미니 7호의 영양사에게 옮겼던 것 같다. 임무 기록에 따르면 그는 언젠가 우주비행 관제 센터에 이렇게 말한다.

"챈스 박사에게 드리는 말. 꼭 눈보라 속에서 달랑 소고기 샌드위치 하나를 들고 있는 것 같군요. 끼니당 300달러라는데 이것보다는 더 좋은 메뉴를 만드실 수 있을 것 같습니다."

일곱 시간 뒤, 그는 다시 마이크 앞으로 간다.

"챈스 박사에게 드리는 또 다른 말. 닭고기와 채소 요리, 시리얼 번호 FC680, 입구가 거의 막혀버렸네요. 음식을 꺼낼 수조차 없습니다. (…) 챈스 박사에게 계속해서 드리는 말. 막 봉인을 뜯었습니다. 이번에는 닭고기와 채소 요리가 용기 사방에 튀어 있네요."

로벨의 임무는 단 2주뿐이었다.°

인간은 지구에서나 우주에서나 별로 달라지지 않는 모양이다. 그렇다고 해서 정답이 ⑤의 "맛있는 저녁 만들어줄 때까지 절대 안 들어갈 거예요"가 될 수는 없다. 그건 우주에서 할 수 있는 말 중에 가장 멍청한 말이겠지.

평생 그런 기회가 올지 모르겠지만 우주에서 지구를 딱 한 번만 바라보고 싶다. 어떤 기분일까. 내가 어떻게 느껴질까. 수많은 우주인들은 '황홀할 뿐이다'라고 말한다. 뇌과학 전문가들은 우주에서의 환각

°
같은 책, p.58

상태를 '인식 과부하로 인한 지적 환각 상태'라고 부른다. 우주인 제리 리넨거는 우주에서의 감각을 이렇게 적었다.

> 은하가 100조 개나 있다는 사실이 압도적으로 머릿속을 지배하고 있어서 잠자리에 들기 전에 아예 그것에 대해 생각하지 않으려 한다. 그렇게 엄청난 크기를 생각하면 너무 흥분되거나 동요되어서 잠을 이룰 수가 없기 때문이다.°

정답은 ②이다. ①도 답이 될 수 있다. 화이트는 한 번쯤 그렇게 말했을 것이다. 정말 아름다웠을 테니까. 눈을 떼지 못할 정도로 아름다웠을 테니까. 그렇지만 ②의 감정이 좀 더 압도적이다. 세상에서 가장 아름다운 풍경 앞에 서 있는 한 사람이 있다. 그는 이 풍경을 뒤로한 채 돌아서야 한다. 언제 다시 돌아올지 기약할 수 없다. 아마도 다시는 이렇게 아름다운 순간이 돌아오지 않을 것이다. 모든 게 흘러가버릴 것이다. 인간은 본능적으로 그걸 안다. 시간 속에 있는 사람은 그걸 안다. 지금이 자신의 삶에서 가장 슬픈 순간이라고 느낀다면, 이전의 일들이 그토록 아름다웠기 때문일 것이다. 사실, 내가 생각하는 이 문제의 답은 ①, ②, ③, ④, ⑤를 순서대로 놓는 것이다. 내가 우주에서 지구를 바라보고 있는데, 누군가 자꾸만 귀환하라고 할 때 이렇게 대답해줄 거다.

"여긴 정말 아름다워요. 그런데 너무 슬프기도 하고요. 조금만 기다려보세요. 셀카 한 장만 찍고 갈게요. 아, 진짜 왜 자꾸 보채세요. 들어간다잖아요. 자꾸 그러면 확 우주로 날아가버리는 수가 있어요. 음식

°
같은 책, p.84

이 맛없으니까 들어가기가 싫다고요. 맛있는 떡볶이라도 만들어주면 금방 돌아갈게요."

아, 참으로 인간적인 대답이 아닌가.

2. 마침표를 잘 찍는 인간이 되는 방법

1966년 컴퓨터 공학자 요제프 바이첸바움은 인간과 기계 사이의 자연어 소통을 실현한 컴퓨터 프로그램 '엘리자(Eliza)'를 개발했다. 엘리자는 사용자가 타이핑한 문장에 인쇄된 문자로 응답하며 대화를 완성하는데, 말하자면 인공지능과 채팅을 하는 프로그램인 셈이다. 다음은 바이첸바움이 제출한 연구 보고서 중 일부이다.

환자 : 저……, 제 남자 친구가 여기에 한 번 와 보라고 하더군요.

엘리자 : 당신의 남자 친구가 당신을 여기에 와 보라고 했군요?

환자 : 그는 내가 너무 많은 시간을 우울한 상태에 있다고 말해요.

엘리자 : 당신이 우울한 상태에 있다니 참 안됐군요.

환자 : 정말이에요. 나는 불행해요.

엘리자 : 당신이 여기에 온 것이 그 불행으로부터 벗어나는데 어떤 도움이 되리라 생각하나요?

환자 : 나는 도움을 원해요. 확실한 도움을요.

엘리자 : 당신이 도움을 원한다고 할 때, 그 말이 당신에게 가지는 의미는 무엇이죠?

환자 : 아마 나는 어머니와 사이좋게 지내는 법을 배우고 싶은가 봐요.

엘리자 : (문제)°

°
자넷 H. 머레이, 『인터랙티브 스토리텔링』, 한용환·변지연 옮김, 안그라픽스, 2001

빈칸에 어울리는 엘리자의 대답은?

① 사이좋게 지내는 법을 배우고 싶군요?

② 어머니와 사이가 좋지 않다니 참 불행하군요.

③ 확실한 도움을 원하신다면, 요금을 더 내셔야 합니다.

④ 확실하게 알고 싶은 게 생겼을 때 다시 방문해주시겠어요?

⑤ 당신 가족에 관해 좀 더 얘기해주시겠어요?

2016년 이세돌과 알파고의 역사적인 대국을 지켜보는 동안 방송을 중계하는 사람들의 표현이 재미있었다. "과연 알파고의 의도가 무엇일까요?"라거나 "알파고에게 복수를 해줄 기회가 왔습니다"라거나 "얘는 왜 이렇게 공격을 하지 않고 정석적인 수비만 할까요?"라는 해설을 듣고 있으면 알파고를 살아 있는 인간처럼 생각하는 사람들이 꽤 많은 것 같다. 감정이입을 잘하는 사람들이라면 충분히 그럴 수 있다고 생각한다. 이세돌과 알파고의 대결이 우리에게 던져준 가장 흥미로운 질문은 "우리는 대체 '알파고'와 같은 존재를 어떻게 받아들이고, 어떤 자리를 내어주어야 하는가?"일 것이다.

'튜링 테스트'는 수학자이자 암호해독가인 앨런 튜링이 제시한 인공지능 판별법이다. 튜링은 컴퓨터가 스스로 사고할 수 있음을 확인하려면 대화를 나눠보면 되고, 자연스럽게 대화를 주고받을 수 있다면 컴퓨터 역시 의식이 있다고 봐야 한다고 주장했다. 여러 과학자들은 튜링 테스트가 진정한 인공지능을 판별하는 기준이 될 수 없다고 했지만, 인간과 인공지능의 정의를 고민하게 하는 흥미로운 테스트임은 분명하다. 2014년에는 러시아 연구진이 개발한 컴퓨터 프로그램 '유진 구스트만'이 처음으로 영국의 레딩대학교에서 열린 튜링 테스트를 통과하기도 했다. '유진'은 우크라이나 국적의 13세 소년으로 설정됐고, 심사위원 25명 가운데 33퍼센트가 진짜 인간이라고 판단했다.

인간이라는 개념은 새로운 것으로 바뀌고 있다. 최근에는 '포스트휴먼'이라는 용어가 심심찮게 들려오고 있는데, 급변하는 인류의 생활방식에 의해 완전히 새로운 인간이 나타날 것이라는 예상이다. 포스트휴먼이란, 멀리 갈 필요도 없이 '아이언맨'을 떠올리면 될 것이다. 수많은 슈퍼히어로들이 인간들과는 출생 성분부터가 다른 데 비해, 아이언맨은 자신의 돈으로 새로운 인간이 되었다. 첨단 장비를 갖추고, 수명을 연장하며, 하늘을 날 수도 있다. 캐서린 헤일스의 『우리는 어떻게 포스트휴먼이 되었는가』에는 포스트휴먼을 '신체를 가진 존재와 컴퓨터 시뮬레이션, 사이버네틱스 메커니즘과 생물학적 유기체, 로봇의 목적론과 인간의 목표 사이에 본질적인 차이나 절대적인 경계가 존재하지 않는' 단계로 정의하고 있다.

인간은 머지않아 자유롭게 우주 비행을 할 수 있게 될 것이다. 개인용 우주선이 생길 테고, 저녁 식사를 마친 후 산책 삼아 지구를 한 바퀴 둘러보고 올 수도 있을 것이다. 하늘을 올려다보며 별을 세는 게 아니라 지구를 둘러보며 불빛을 세는 날이 곧 올 것이다. 그때쯤이면 우주에 대한 우리의 인식도 완전히 바뀔 것이고, 세계를 인식하는 감각 역시 달라질 것이다. 그때의 인간은 지금의 인간과 무척 다를 게 분명하다. 우리가 스스로를 정의할 때 사용하는 '인간'이라는 단어 역시 그 역사가 그리 길지 않다.

요제프 바이첸바움이 만든 엘리자는 하나 마나 한 말로 인간에게 신뢰를 얻을 수 있었다. 엘리자는 좋은 친구가 될 수는 없었지만, 좋은 상담자가 되기에는 충분했다. 엘리자에게는 현명한 규칙이 있었다. 상담자가 "그는 내가 너무 많은 시간을 우울한 상태에 있다고 말해요"라고 말했을 때 우리는 어떤 답을 들려줄 수 있을까? 긍정할 수도, 부정할 수도, 위로할 수도 있겠지만 엘리자의 스승은 중립적 태도를 취하는 영국의 의사였다. 의사는 이렇게 답변한다. "당신은 스스로를 우울한 상태에 있다고 말하는군요." 특수한 규칙을 적용한다면, "당신이 우울한 상태에 있다니 참 안됐군요"라고 말할 수 있다. 한 발짝 더 나아간다면 "당신을 가장 우울하게 만드는 것은 무엇입니까?"

라고 물어볼 수 있을 것이다. 많은 사람들이 엘리자를 믿게 된 데에는 중립적인 태도로 자신의 이야기를 들어주기 때문일 것이다. 상담자들은 자신이 기계와 대화하고 있다는 사실을 자주 잊어버렸다.

일본에서는 인공지능이 써낸 소설이 화제를 불러일으키기도 했지만, 나는 여전히 인간의 언어야말로 인공지능이 복사하기 힘든 무엇이라는 생각이 든다. 말을 도식화할 수는 있다. 엘리자처럼 하나 마나 한 말들로 신뢰를 얻을 수도 있다. 대화의 패턴을 만들 수도 있고, 이야기와 플롯의 공식을 만들어 사람들에게 감동을 줄 수도 있을 것이다. 그렇지만 인간의 중얼거림은 절대 흉내 낼 수 없지 않을까. 생각했지만 말하지 않은 것들, 말했지만 말하지 않은 것들, 중얼거리지만 들리지 않는 것들, 들리지만 이해할 수 없는 말들 같은 것이야말로 인간적인 것은 아닐까. 얼마 전에 읽은 비스와바 심보르스카의 시가 떠올랐다. 『나의 시에게』라는 작품이다.

가장 좋은 경우는
나의 시야, 네가 꼼꼼히 읽히고,
논평되고, 기억되는 것이란다.

그다음으로 좋은 경우는
그냥 읽히는 것이지.

세번째 가능성은
이제 막 완성되었는데
잠시 후 쓰레기통에 버려지는 것.

네가 활용될 수 있는 네번째 가능성이 하나 더 남았으니

미처 쓰이지 않은 채 자취를 감추는 것,

흡족한 어조로 네 자신을 향해 뭐라고 웅얼대면서.°

웅얼거리고 마는 실패의 기록이 성공적인 이야기보다 더욱 중요한 것일지도 모른다. 포스트휴먼이 되어서도 나는 문학을 하게 될 것인가. 문학을 하게 된다면 어떤 이야기를 쓰게 될 것인가. 아직은 장담할 수 없지만 여전히 중얼거리는 문학을 하고 있지 않을까.

정답은 ⑤이다. 엘리자는 인간보다 이야기를 더 잘 들어준다. "가족에 대해서 좀 더 얘기해주겠어?"라는 질문을 던지려면 앞으로 닥칠 수십 분, 수십 시간의 지루함을 각오해야 한다.

『인터랙티브 스토리텔링』에는 엘리자의 또 다른 이야기도 나온다. 어떤 회사의 부사장이 엘리자를 재택 근무하는 직원으로 생각하고 대화를 나누게 되었다. 하나 마나 한 이야기만 하고, 자신의 이야기를 계속 따라 하기만 하는 엘리자에게 화를 내던 부사장은 급기야 "당장 000-0000 전화번호로 전화를 주게"라고 메시지를 보내지만 엘리자는 아무런 응답도 하지 않았다. 부사장이 너무 흥분한 나머지 마침표 찍는 것을 잊어버렸기 때문에 엘리자가 반응할 수 없었던 것이다. 우리가 인간일 때에도, 포스트휴먼이 되었을 때에도, 컴퓨터에게도, 인간에게도, 마침표는 제대로 잘 찍도록 하자.

°
비스와바 심보르스카, 「나의 시에게」, 『충분하다』, 최성은 옮김, 문학과지성사, 2016, p.90

3. 죽음 이후에 무엇이 남아 있을까

2015년 8월 30일 세상을 떠난 뇌신경학자 올리버 색스는 죽음을 앞두고 몇 편의 에세이를 썼다. 그중에 마치 철학자 데이비드 흄과 대화를 나누는 듯한 대목이 있다.

그(데이비드 흄)는 예순다섯 살에 자신이 곧 병으로 죽을 것이라는 사실을 알고는 1776년 4월의 어느 날 하루 만에 짧은 자서전을 쓴 뒤 그 글에 '나의 생애'라는 제목을 붙였다.

흄은 이렇게 썼다. "이제 나는 빠르게 사멸할 것이다. 그동안 질병으로 인한 통증은 거의 느끼지 못했다. 그보다 더 이상한 사실은 육신이 병약해지는데도 기상은 한순간도 수그러들지 않았다는 점이다. 나는 공부할 때 전과 다름없이 열성적이고, 사람들을 만날 때 전과 다름없이 유쾌하다."

운 좋게도 나는 여든을 넘길 때까지 살았다. 흄에게 주어졌던 65년을 넘어서 내게 추가로 주어졌던 15년은 일에서도 사랑에서도 풍요로운 시간이었다. (중략) 흄은 이어서 말했다. "나는 성격이 온건하고, 성질을 잘 다스리는 편이고, 개방적이고 사교적이고 쾌활하고 유머가 있으며, 애착을 느낄 줄 알지만 앙심은 거의 품지 않고, 어떤 열정에 대해서든 대단히 절제하는 사람이다."

이 대목에서 나는 흄과 조금 다르다. 나도 사랑과 우정의 관계를 즐겼으며 진짜 앙심이라고 할 만한 것은 품지 않았지만, 차마 내 입으로 (나를 아는 다른 누구라도 마찬가지일 것이다) 내가 성격이 온건하다고는 말할 수 없다. 오히려 나는 격정적인 사람이다. 격렬하게 열광하고, 어떤 열정에 대해서든 극단적으로 무절제한 사람이다.

그러나 흄의 에세이에서 발견한 다음 문장만큼은 내게도 정말 합당한 대목으로 느껴진다. (문제)°

빈칸에 어울리는 말을 골라보자.

① "살아 있다는 것은 참으로 비통한 일이 아닐 수 없다."

② "나의 모든 생애가 눈앞에 지나가는 순간, 나는 혼란스러웠다."

③ "죽음이 삶보다 나을 것이라는 희망이 내 앞에 떠올랐다."

④ "지금 나는 과거 어느 때보다도 삶에 초연하다."

⑤ "내가 미처 파악하지 못한 지식들이 안타까워 견딜 수 없었다."

°
올리버 색스, 『고맙습니다』, 김명남 옮김, 알마, 2016, p.26~27

문제 해설

자신이 곧 죽어야 한다는 것을 알게 된 사람의 마음은 어떻게 변할까. 죽음을 어떻게 받아들일 수 있을까. 죽음이라는 개념을 스스로에게 어떻게 납득시킬 수 있을까. 지금으로서는 도무지 알 수 없다. 추측만 할 수 있을 뿐이다. 죽음의 문턱까지 다녀온 사람들은 거기에 또 다른 차원의 삶이 있을 거라고 얘기하지만 도무지 믿을 수 없다. 과연 그런 게 있을까. 그냥 모든 게 어둠 속으로 사라지는 게 아닐까. 나는 죽음을 떠올릴 때마다 카메라의 페이드아웃을 떠올린다. 모든 게 조금씩 희미해지다가 완전한 암흑으로 바뀌는 게 죽음이 아닐까. 누구에게나 죽음에 대한 각자의 이미지가 있을 것이다. 스티브 잡스는 스탠퍼드 대학교 연설에서 죽음을 발명품에 비유한 적이 있다.

> 죽음을 바라는 사람은 없습니다. 천국에 가고 싶다는 사람도 그곳에 이르기 위해 죽기를 바라지는 않습니다. 그럼에도 죽음은 우리 모두가 공유하는 운명입니다. 누구도 죽음을 피하지 못했습니다. 또 그래야만 합니다. 죽음은 삶이 만들어낸 최고의 그리고 유일한 발명품이니까요. 죽음은 삶을 변화시키는 원동력입니다. 죽음은 오래된 것이 새로운 것에 길을 터주도록 합니다.°

죽음에 대해 이야기하는 건 쉽지만, 죽음 앞에서 품위를 지키기란 쉽지 않을 것이다. 시몬 드 보부아르는 "목숨이 유한하다는 것을 안 순간부터 나는 죽음이 무서워 견딜 수 없었다"고 고백했다. 『죄와 벌』의 라스꼴리니꼬프는 삶을 갈망하며 이런 문장을 떠올린다.

°
켄 시걸, 『미친듯이 심플』, 김광수 옮김, 문학동네, 2014, p.255

276

사형 선고를 받은 어떤 사람이 죽기 한 시간 전에 이런 말을 했다던 가, 생각했다던가. 겨우 자기 두 발을 디딜 수 있는 높은 절벽 위의 좁은 장소에서 심연, 대양, 영원한 암흑, 영원한 고독과 영원한 폭 풍에 둘러싸여 살아야 한다고 할지라도, 그리고 평생, 1천 년 동안, 아니 영원히 1아르신밖에 안 되는 공간에 서 있어야 한다고 할지라 도, 그래도 지금 죽는 것보다는 사는 편이 더 낫겠다고 했다지!°

올리버 색스의 경우로 돌아가서 답을 풀어보자. 그는 생애를 돌아 보는 글을 쓰면서 '내 삶을 마치 높은 곳에서 내려다보는 것처럼, 일 종의 풍경처럼' 바라보게 되었다고 한다. 죽기 전이면 삶의 모든 순간 들이 파노라마처럼 눈앞을 스쳐 지나간다고도 하는데, 내게는 풍경처 럼 보인다는 올리버 색스의 표현이 더 와닿는다. 아마도 삶은 아주 먼 곳에 있는 것처럼 느껴질 것이다. 정답은 ④이다. 초연하다는 것은, 풍 경을 더 널찍한 비율로 들여다볼 수 있는 기회일 것이다.

무관심과 초연함을 어떻게 구분 지을 수 있을까? 죽음이 우리에게 서 너무 멀리 있으면, 우리는 삶에 무관심하게 될 것이다. 죽음이 우리 곁에 너무 가까이 와 있으면 우리는 삶에 초연하게 될 것이다. 죽음과 적당한 거리를 유지할 때, 우리는 삶과 죽음을 동시에 사랑할 수 있게 되지 않을까. 죽음은 우리들의 등에 붙어 있는 그림자 같은 것이다. 잘 보이지 않지만 언제나 함께 있고, 손으로 더듬거려보면 미묘한 흔적 을 만져볼 수 있지만 실체를 확인할 길은 없다.

올리버 색스는 마지막 에세이를 쓰면서 데이비드 흄을 거론했다. 흄이 1776년에 쓴 글을 인용한 후 자신의 생각을 덧붙였다. 65세에 죽

°
표도르 도스토예프스키, 『죄와 벌』, 홍대화 옮김, 열린책들, 2009, p.230~231

은 흄과 80세가 넘은 자신을 비교하면서 삶과 죽음의 의미를 곱씹어 보았다. 책이란, 대화의 시작이다. 우리는 책을 통해 죽은 사람과 이야기를 나눌 수 있다. 오래된 문장을 읽고 생각을 시작하는 순간, 우리는 대화를 시작하고 있는 셈이다. 책이 묻고 내가 대답한다. 나의 질문에 대한 답이 책 속에 숨어 있다. 글쓰기는 가장 적극적으로 죽은 사람과 대화하는 방식이다. 우리는 수많은 책들을 읽은 후 자신의 생각을 책에다 적는다. 이야기와 이야기 사이에 내 이야기를 섞는 것이다. 올리버 색스의 자서전에 있던 문장이 생각난다.

> 글쓰기는 잘될 때는 만족감과 희열을 가져다준다. 그 어떤 것에서도 얻지 못할 기쁨이다. 글쓰기는 주제가 무엇이든 상관없이 나를 어딘가 다른 곳으로 데려간다. 잡념이나 근심 걱정 다 잊고, 아니 시간의 흐름조차 잊은 채 오로지 글쓰기 행위에 몰입하는 곳으로. 좀처럼 얻기 힘든 그 황홀한 경지에 들어서면 그야말로 쉼 없이 써내려간다. 그러다 종이가 바닥나면 그제야 깨닫는다. 날이 저물도록, 하루 온종일 멈추지 않고 글을 쓰고 있었음을.
> 평생에 걸쳐 내가 써온 글을 다 합하면 수백만 단어 분량에 이르지만, 글쓰기는 해도 해도 새롭기만 하며 변함없이 재미나다. 처음 글쓰기를 시작하던 거의 70년 전의 그날 느꼈던 그 마음처럼.[o]

올리버 색스의 글을 좋아하는 팬으로서 그의 죽음이 무척 안타깝지만, 한편으로는 그의 책이 있어 다행이라는 생각이 든다. 올리버 색스가 흄을 언급했듯, 나 역시 올리버 색스의 글을 읽으면서 그와 대화

o
올리버 색스, 『온 더 무브』, 이민아 옮김, 알마, 2016, p.477

를 할 수 있을 것이다. 그는 살아 있지 않지만, 이미 수많은 대답을 책에다 남겨두었다. 세상에 책은 얼마나 많은가. 내가 대화를 나눌 사람은 무한하다. 질문을 던진 다음 책에서 답변을 찾을 것이고, 책에서 읽은 질문의 대답을 찾기 위해 오랫동안 생각할 것이다.

당신의 결과물을 사랑할 준비가 되어 있다

　나는 창작을 하는 사람이다. 대학교 2학년 때부터 작가가 될 마음을 먹었으니 27년 동안이나 뭔가를 만들어보겠다고 책상 앞에 앉아서 끙끙대고 있는 셈이다. 아무것도 쓰지 못한 채 흘려버린 밤이 몇 날인지, '난 결국 재능이 없는 것인지도 모른다'고 좌절한 새벽이 또 몇 날인지 모른다. 또 어떤 날은 글이 너무 쉽게 잘 써져서 혹시 내가 천재가 아닐까, 이러다가 세계문학사에 길이 남을 명작을 쓰는 것은 아닌가, 건방진 생각이 들 때도 있었다. 그런 새벽과 밤과 환하게 밝아오는 아침과 좌절과 건방 들이 모여서 27년이 되었다. 그렇게 오랫동안 끙끙대고 있는데도 여전히 창작이라는 게 뭔지는 잘 모르겠다. 어떻게든 뭔가 만들어내고는 있지만 제대로 하고 있는 것인지, 좀 더 쉬운 길은 없는지, 남들은 모두 알고 있는데 나만 모르는 창작의 비밀 같은 게 있지는 않은지, 의심에 가득 찬 눈초리로 이 글을 쓰고 있다.

　가끔 특강을 요청받을 때가 있다. 어떻게 하면 글을 잘 쓸 수 있는지, 어떻게 하면 상상력을 키울 수 있는지, 그런 얘기를 해달

대학교 2학년 작문 시간에 쓴 글이다. 다시 읽어보니 유치하기 짝이 없는 글이지만 정성스럽게 쓴 것 같긴 하다. 선생님은 빨간 펜으로 "열심히 정진해서 작가의 길을 꿈꾸어보세요"라고 적었고, 나는 작가가 되었다.

라는 요청이 많다. 당혹스럽다. 내가 글을 잘 쓴다고 생각하지도
않고, 상상력이 뛰어나다고 생각하지도 않는 데다가 27년이나 책
상 앞에서 끙끙대고 있는 주제에 해줄 수 있는 조언이라는 게 많
을 리 없다. 책상에 엎드려 자면서도 침을 흘리지 않는 법이나 의
자를 젖히고 잘 때 유용한 목 베개나 땀이 차지 않는 방석을 추천
해줄 수는 있겠지(이것도 나중에 추천해주고 싶다. 목 베개나 방석의
선택 방법도 창작의 비밀에 속한다).

　　자주 거절하지만 어쩌다 특강을 갈 때가 있다(특강을 가기로 결
정하는 시기는 의외로 작가로서의 자존감이 바닥을 치고 있을 때다). 막
상 가보면 반갑고 놀랍다. 우선 많은 사람들이 두 눈을 반짝이며
내 앞에 앉아 있는 게 반갑고, 내게 궁금해하는 것이 뜻밖에도 간
단하고 단순하다는 데 놀란다. 이런 질문을 자주 받는다. "글을
잘 쓰려면 어떻게 해야 하나요?" 혹은 "주로 어떤 것에서 영감을
받나요?" 같은 궁극적인 질문이거나 "하루에 글은 몇 시간 쓰세
요?" "쉴 때는 어떤 일을 하세요?" 같은 생활형 질문들이다. 간단
하고 단순하지만 대답하는 사람은 죽을 맛이 느껴지는 질문들이
다. "인생의 의미가 무엇이라고 생각하시나요?" 혹은 "훌륭한 삶
을 살기 위해서는 어떻게 해야 하나요?"와 같은 질문인 셈이다.
할 말이 너무 많아서 할 수 있는 말이 없다. 그 질문들에 잘 이야
기해주고 싶지만 멋있는 말을, 실용적인 말을, 더 정확한 조언을
해주고 싶지만 말로는 그게 잘되지 않는다. 답답하다. 그 답답함
이 이 책을 시작하게 만들었다. 말보다는 글이 조금 더 편하다.

매튜 퀵의 소설 『용서해줘, 레너드 피콕』에는 이런 대목이 나온다. 세상만사가 모두 마음에 안 드는 열여덟 살 불만투성이 주인공 레너드 피콕은 현대미술을 비웃으며 이렇게 말한다.

실제로 미술관에서·이보다 더한 걸로, 새하얀 캔버스 위에 가늘고 붉은 줄 하나를 세로로 쭉 그어놓은 작품도 봤다.
헤어 실버맨에게 그 붉은 줄 그림에 대해 언급하면서, 그런 건 나도 하겠다고 했더니, 선생님이 자신만만한 목소리로 말했다.
"하지만 안 했잖아."°

주인공 레너드 피콕은 곧바로 입을 다물었다. 얇고 희미한 붉은 줄 하나일 뿐이지만 그걸 긋는 것과 긋지 못한 것 사이에는 엄청난 차이가 있다.

비난하기는 쉽지만 선을 긋는 건 어렵다. 비꼬는 건 간단하지만, 첫 문장을 시작하는 건 어렵다. 창작을 해보지 않은 사람이라면 비판도 하지 말아야 한다는 이야기가 아니다. 한 번이라도 창작을 해본 사람이라면 작품에 대해 말하는 게 달라질 수밖에 없다는 이야기다. 수영을 갓 배운 사람에게 박태환의 경기가 이전과 달라 보이듯 한 번이라도 소설의 첫 문장을 써본 사람에게 『칼의 노래』의 첫 문장은 엄청난 무게감으로 다가올 것이다. 붉은 선을 한 번 긋고 나면 선에 대한 생각으로 머리가 가득 차고, 어떻게 하면 더 잘 그을 수 있을지, 남들은 어떤 선을 긋는지 살펴보게 된다.

°
매튜 퀵, 『용서해줘, 레너드 피콕』, 박산호 옮김,
박하, 2014, p.12

27년 동안 책상 앞에서 끙끙거리고 있다고 했지만 창작의 쾌감 역시 잘 알고 있다. 20매 분량의 짧은 에세이를 쓴다고 해보자. 시작은 늘 힘들다. 원고지 20매가 아득해 보이고 과연 살아서 저 황무지 같은 빈칸들을 다 채울 수나 있을지 걱정되기 시작한다. 첫 문장은 어떻게 시작해야 할까. 감탄사 같은 것으로 시작해볼까. 아니면 무덤덤한 단문으로 시작해볼까. 소설처럼 가상의 주인공으로 시작해볼까. 고민 끝에 결정을 내린 다음 일단 시작하고 원고지 10매가 넘어갈 때쯤이면 몸 어디에선가 이상한 물질이 분비되기 시작한다. 정말 묘한 기분이다. 내 손으로 글을 쓰고 있다는 느낌보다 글이 나를 통과해서 나오는 것 같다. 머릿속에서 수많은 단어들이 좁은 통로를 비집고 나오려고 순서를 기다리고 있고, 나를 통과한 문자들이 컴퓨터로 쏟아져 나온다. 이런 쾌감은 쉽게 잊을 수 없다. 글쓰기는 고통스럽다. 하지만 고통을 넘어서면 엄청난 쾌감이 기다리고 있다. 어쩌면 글쓰기뿐 아니라 모든 창작이 그런 것인지도 모르겠다.

최근 몇 년 동안 나는 자주 우울했다. 상식적이지 않은 일들이 끝없이 이어졌고, 이렇게 비상식적인 세상에서 살아남기 위해서는 방법이 없는지도 모르겠다. 더 험해지고 거칠어져야만 버틸 수 있는 것인지도 모르겠다. 하지만 그렇게 계속 거칠어지다가 우리는 중요한 걸 잃어버리는 것은 아닐까. 문득 돌아봤을 때 우리가 손에 쥐고 있는 건 모래뿐이지 않을까. 뭔가 중요한 걸 꽉 움켜쥐고 이곳까지 왔다고 생각했지만, 그건 어쩌면 바스라지는 흙

덩어리 같은 것은 아닐까. 나는 사람들이 좀 더 창작에 몰두했으면 좋겠다는 생각을 하곤 했다. 뭔가 만드는 사람들은, 그렇게 거칠어질 수 없다. 강해질 수는 있어도 험해지지는 않는다.

어떤 사람에게 '창작'이나 '창의성', '상상력' 같은 단어는 배부른 소리처럼 들릴 수 있다. 지금은 그럴 때가 아니라고, 먼저 해결해야 할 현실적인 문제가 산더미처럼 쌓여 있다고 말할지도 모른다. 하지만 이건 현실을 피하는 것이 아니다. 무언가 만드는 일은, 현실을 껴안는 일이다. '창의적 인간'에 대해 오랫동안 연구했던 미하이 칙센트미하이는 "보다 나은 삶을 위해서는 우리의 삶에서 잘못된 것을 제거하는 것만으로는 충분하지 않다. 우리는 왜 살고 있는가? 창의성은 이 질문에 대한 답이 될 수 있다. 왜냐하면 창의성은 우리에게 가장 활기찬 삶의 모델을 제공해주기 때문이다"라고 얘기했다. 나는 지금이야말로 더 많은 사람이 새로운 걸 만들어야 할 시점이고, 창작해야 할 시점이고, 서로가 만든 창작물을 들여다봐주어야 할 시점이라고 생각한다. 우리는 서로가 만든 창작물을 들여다보면서 덜 거칠게 말하는 법을 배워야 한다. 서로를 더 이해할 수 있어야 한다. 그것이 소설이든 노래든 그림이든 시든 단순한 이야기이든 상관없다. 무언가를 만들고, 결과물에 대해 서로 이야기해보면 무언가 변할 것이다.

특강을 갔을 때도 느낀 것이지만 사람들은 뭔가 창작하는 것을 어렵게 생각한다. 창작하는 사람은 따로 정해져 있다고 생각한다. 한 번도 붉은 줄을 그어보지 않은 사람은 어디서부터 어떻게 붉은 줄을 그어야 할지 막막하기만 할 것이다. 과연 이 줄을 내가 그어도 되는 것인지 스스로를 의심할 것이다. 하지만 막상 그어보면 일단 재미있다. 누구나 붉은 줄을 그을 수 있다.

이렇게 재미있는 걸 나 혼자 하긴 미안해서(혹은 이렇게 고통스러운 걸 나 혼자 하기엔 억울해서) 더 많은 사람이 창작의 마술에 빠져들기를 바라고 있다. 독일의 교육학자 하르트무트 폰 헨티히는 "창의성에 대한 잘못된 기대가 우리를 벽에 부딪치게 만든다"고 했다. 뭔가 완전히 새로운 것, 세상을 깜짝 놀라게 만드는 것, 남들과 다른 어떤 것을 만들려고 하는 순간, 스스로 벽을 세우는 셈이다. 특별할 필요가 없다. 오래 하다 보면 특별해진다. 누구에게나 시간은 특별하고, 시간과 함께 만든 창작물은 모두 특별하다.

어릴 때의 미술 시간이 생각난다. 선생님이 나무를 그리라고 했다. 나는 열심히 나뭇가지를 그렸고, 나뭇잎을 그렸다. 꼼꼼하게 그렸다. 새들이 날아와서 부딪칠 만큼 아름다운 나무를 그리고 싶었지만, 결과물은 도화지에 모이를 던져놓아도 새들이 더럽다며 도망갈 정도로 엉망진창이었다. 선생님은 다음 날까지 그려오라고 숙제를 내주셨고, 나는 속으로 쾌재를 불렀다. 형이 미대에 다니고 있었다. 그날 저녁 형은 수채화 물감과 붓을 들고 와서 내 그림에 생명을 불어 넣었다. 묽은 물감을 묻힌 수채화 붓으로 나뭇가지 사이를 툭툭 건드리자 놀라운 일이 벌어졌다. 녹색의 이파리 사이로 새어 들어오는 빛이 보이는 것 같았다. 빈틈없이 녹색을 칠해 넣던 나의 노력이 어이없을 정도로 나무는 아름다워졌다. 다음 날 선생님에게 칭찬을 받았고(칭찬하던 선생님이 무안해질까 봐 형이 도와줬다는 말은 하지 않았다), 나는 그림에 대해서 뭔가 좀 알 것 같았다.

지금도 그림에 대해서는 쥐뿔도 모르지만 창작에 대해서는 조금 알 것 같기도 하다. 무조건 열심히 빼곡하게 채워 넣는다고 좋은 결과물이 나오지 않는다는 것도 알게 됐고, 누군가에게 도움을 받는 게 꼭 필요하다는 것도 알게 됐다. 창작에 대해서 이야기를 나누는 것만으로도 이상한 에너지를 얻을 수 있다는 것도 알게 됐다. 예전에는 "작가님은 하루에 몇 시간 동안 책상 앞에 앉아 있어요?"라는 질문이 어처구니없게 들릴 때도 있었다. 지금은 아니다. 나도 누군가에게 그렇게 묻는다. 그 막막함을 누구보다 잘 알기에 그런 어이없는 질문도 하게 되는 것이다. 그보다 더한 질문도 할 수 있다. 음, 예를 들면, "노트는 줄이 있는 걸로 쓰나요, 아니면 줄이 없는 걸로?" 혹은 "손톱을 깎을 때 왼손부터 깎나요, 오른손부터 깎나요?" 혹은 "그림을 그리다 보면 어깨가 많이 아플 텐데 안마기 같은 것도 사용하시나요? 잉크는 어느 회사 제품이 좋아요?" 이런 질문도 할 수 있다.

내가 가장 좋아하는 말로 에필로그를 마치고 싶다. G. K. 체스터튼의 말이다.

"내가 꼭 하고 싶은 일이라면, 서투르게라도 할 만한 가치가 있는 일이다."

우리는 서로서로 천재가 아니라는 것을 잘 안다. 나도 당신도 천재는 아니다. 천재 같은 것은 어쩌면 없을지도 모른다. 아마 우리가 만든 창작물은 세계를 깜짝 놀라게 하지 못할 것이다. 바로 옆에 앉아 있는 사람에게조차 놀라움을 주지 못할 수도 있다. 그러면 어떤가. 우리는 만드는 사람이고, 창작하는 사람이다. 우리는 서로에게 세상의 그 어느 조직보다도 끈끈한 유대감을 느낄 수 있다. 나는 지금 무엇인가를 만들기로 작정한, 창작의 세계로 뛰어들기로 마음먹은 당신을 존중한다. 하찮다고 느껴지는 걸 만들었더라도, 생각과는 달리 어이없는 작품이 나왔더라도, 맞춤법이 몇 번 틀렸더라도, 그림 속 사물들의 비율이 엉망진창이더라도, 노래의 멜로디가 이상하더라도, 나는 그 결과물을 사랑할 준비가 되어 있다. 건투를 빈다.

무엇이든 쓰게 된다

초판 1쇄 발행 2017년 12월 18일 **초판 10쇄 발행** 2022년 5월 1일

지은이 김중혁
펴낸이 이승현

편집1 본부장 한수미
에세이1 팀장 최유연

펴낸곳 ㈜위즈덤하우스 **출판등록** 2000년 5월 23일 제13-1071호
주소 서울특별시 마포구 양화로 19 합정오피스빌딩 17층
전화 02) 2179-5600 **홈페이지** www.wisdomhouse.co.kr

ⓒ 김중혁, 2017

ISBN 979-11-6220-144-2 03800

* 이 책의 전부 또는 일부 내용을 재사용하려면 반드시 사전에 저작권자와 ㈜위즈덤하우스의 동의를 받아야 합니다.
* 인쇄·제작 및 유통상의 파본 도서는 구입하신 서점에서 바꿔드립니다.
* 책값은 뒤표지에 있습니다.